Post consciousness Era

后意识时代

苏民　著

U0353003

北京理工大学出版社
BEIJING INSTITUTE OF TECHNOLOGY PRESS

图书在版编目（CIP）数据

后意识时代／苏民著. -- 北京 ：北京理工大学出
版社，2024.1
　ISBN 978 - 7 - 5763 - 2029 - 9

　Ⅰ. ①后… 　Ⅱ. ①苏… 　Ⅲ. ①幻想小说 - 小说集 - 中
国 - 当代 　Ⅳ. ①I247.7

　中国国家版本馆 CIP 数据核字（2023）第 008126 号

责任编辑：封 雪　　　**文案编辑**：封 雪
责任校对：刘亚男　　　**责任印制**：李志强

出版发行 / 北京理工大学出版社有限责任公司
社　　址 / 北京市丰台区四合庄路 6 号
邮　　编 / 100070
电　　话 / （010）68944451（大众售后服务热线）
　　　　　　（010）68912824（大众售后服务热线）
网　　址 / http：//www.bitpress.com.cn

版 印 次 / 2024 年 1 月第 1 版第 1 次印刷
印　　刷 / 三河市九洲财鑫印刷有限公司
开　　本 / 880 mm×1230 mm　1/32
印　　张 / 8
字　　数 / 176 千字
定　　价 / 45.00 元

中国科幻的"NEXT"希望在哪里

韩 松

中国的科幻正处于一个重要的转折关口。一方面,它在中国各界和国际上引起越来越大的关注;另一方面,它也面临如何承前启后、推陈出新的迫切问题。

科幻是文学大花园里的一支。但最近看到很多年度文学荐书排行榜上都没有科幻。包括类型文学优秀图书,也没有科幻,至少没有我们认为的那些优秀的核心科幻。这与科幻的热度不符,也一定程度上让人感到是否创作有些乏力?科幻创作中抄袭现象虽是个例,但也敲响了警钟。

大量的科幻图书涌现,数量逐年增长,但是一些出版社却反映销售不好。我接触到了一些读者,发现他们对于科幻的了解,仍仅限于《三体》。这让人认识到科幻仍然是小众。而随着微信、短视频和游戏市场的扩大,更多受众还会被分化。

国内的科幻活动越来越多、越来越热闹华丽,科幻奖也已有十几个、最高奖金达百万元人民币，但期待中的精品还是较少。《三体》问世十年后，就再没有产生这样的轰动作品。这是否是一种能被接受的常态化呢？毕竟世界范围内也没有出现"三体现象"。但这仍然不能阻止我们对精品的追求。我看到有读者给我留言："斗胆说一句，科幻作品虽然越来越多，但总觉得令人惊艳、拥有瑰丽世界观的仍然是不够。"

国内创作之外，近年译作的增加也十分迅猛。我们的科幻，从生成到发展，都一直受着国外的影响，特别是不少灵感来自美国这个科幻大本营。我觉得中国科幻仍然需要潜心向世界学习。但是译作现在有些鱼龙混杂，有些译作的质量仍需要提高。另外国际环境的变化也给引进工作带来了影响。

被寄予很高期待的科幻电影，自《流浪地球》后也在不断努力，但是距离受众的愿望还有明显的距离，实践或许正在证明，科幻电影终究是最难的一件事情。急功近利蹭热点的几乎都很难成功。

许多地方在搞科幻产业化，不少资本涌入科幻圈，但从打雷到下雨，再到怎么能有更大的雨下，仍在探索。科幻产业园区到底怎么打造？科幻究竟是不是人民生活的刚需品？科幻产业的投入怎样才能创造出应有效益？这些都还需要用事实来回答。

中国科幻从晚清诞生至今，发展了一百多年，它的源头还在于文学的创作，在于作家们精益求精的写作。

正是在这个时候，未来事务管理局与博峰文化合作推出了"NEXT"科幻作家个人作品集系列。"NEXT"就是"下一代"的意思。顾名思义，它精选了未来局十余位年轻签约科幻作者的作品，这些作者有较强的个人风格和特色，也在一定程度上反映了中国科幻创作未来努力方向，正是着意于承前启后、推陈出新。

作为国内科幻文化的推动者，未来事务管理局不仅与国内最优秀的科幻作家有着长期合作的关系，也一向重视对年轻科幻新秀的培养。在成立发展的几年里，未来局不断从各类科幻征文比赛、平台投稿及自创的科幻写作营课堂中寻找、筛选和指导最有潜力的年轻科幻作者，帮助他们创作出具有时代感、能被当下读者欢迎的科幻作品。这些作者近年来取得了众多的成绩，积累了相当数量的科幻作品，并收获了多种科幻奖项、广大读者和评论界的好评。这套丛书的出版，就是对这个现象的总结。

这些作者，最大的一九八二年出生，最小的一九九五年出生。这两个时间点让我很是感慨。我正是在一九八二年开始科幻创作的，那年在《红岩少年报》上发表了我的第一篇科幻小说《熊猫宇宇》，而一九九五年我在《科幻世界》上发表短篇小说《没有答案的航程》并获得了银河奖。

那个时候的科幻创作、发表和出版都还是比较艰难的，我和其他不少作者，更多是怀着对科幻的满腔热爱，只是不停地学习，埋头不断地写，而较少考虑能否发表和出版。这样坚持下来才积累了一定量的作品，也逐渐形成了自己的风格和特色。

我读了"NEXT"作者的作品，好像又看到我以前的样子。我感到他们很有才华和天赋，他们的创作是美好而杰出的，更重要的是，从他们的字里行间，能感受到对于科幻的无比热爱，并由此创造出了与众不同的科幻意象。我觉得，写科幻就是要按照自己喜欢的感觉和方式去写。首先只有能被自己接受、能够打动自己、自己觉得写得舒服的，才有可能是好的作品。从这个意义上，这些年轻人的作品，可以说反映了科幻的初心。

新时代的中国科幻还需要更多的时间来沉淀。但保持初心无疑是它当前最重要的追求之一。我希望能有更多的年轻作者，能够不凑一时热闹而更多地学习，能够找点时间去甘于边缘化，能够安安静静地坚持纯正的科幻写作，能够不自我设限地作天马行空的自由想象，用以表达自己的真情实感和对宇宙人生的认真思考。这就是中国科幻"NEXT"的希望。

但愿时光不负我，我不负文字

苏　民

我时常在日常生活中的某些时刻感觉到异样，然后对现实世界的合理性和真实性产生怀疑。

那时我还在互联网公司上班。有一天，我和别人聊项目、聊产品时，属于这个行业的词汇一个个从我嘴里蹦出来，组成句子游走着。可我发现我居然在走神。我在走神，从某个角度观望自己。这个不停说话的人是我吗？这些话真的是我嘴里说出来的吗？我觉得我被词汇吞没了，变成了行业框架套话下的一具行尸。这种虚假感让我害怕。这就是我写《后意识时代》的最初冲动吧。

写《绿星》的时候，我尚且没有写科幻的自觉。写完《后意识时代》，我才明确了写心理学科幻的方向。无论是当初读心理学，还是写小说，我在意的，始终是人内心世界的变化与真实性。尽管这两三年是我写作密度最高的时期，但对于漫长的写作道路来说仍是微不足道的。因为技能上的不完善，我常常被自身的不稳定性和焦虑折磨。笔头流畅时写出的文字经常不是计划好的。而不写的时候，我便觉得自己的脑袋里空无一物，仿佛从没写过小说似的。

当我还是一个典型的上班族时，我总是对新项目和新工作兴致勃勃，全心投入，却也容易厌倦。无意义感时不时包绕着我。我重复了很多遍赚钱、忍耐、辞职、放空的循环。在那些日子里，我偶尔从一个旁观者的视角描述自己的生活，或戏谑，或诚恳。这种第三者视角能将我从琐碎、无聊的日常中解救出来，获得片刻喘息的时机。

当我成为专职的文字工作者后，旁观者的角色被延续了下来。可是它并不如想象中那般美好。我首先放弃了原来的职业角色，这相当于放弃了自己原本熟悉的社会角色面具。在很长一段时间里，我觉得自己失去了角色形象，甚至不知道该如何在人前说话、如何表现自己。因此整个人变得爱退缩、笨拙了，除了过于敏感的神经，没有任何技能。这种角色的丧失感，促使我写出了《请问这是你掉的人格吗》。坚持以一个空白的旁观者角色观察周围的一切并非易事，因为这个过程是孤独的、虚妄的，能使人远离生活，甚至远离自己。坚持写到了现在，十分感谢带我迈上职业道路的前辈们，以及鼓励过我、愿意读我小说的朋友们。

我最终接受了自身的虚假感，也接受了旁观者身份的空洞。然后慢慢地，在这个虚假的壳子上添加新的角色形象，所谓作者的形象。不过这都无所谓了，形象面具什么的本就是虚假的，正如小说都是虚构的。但我仍然试图用虚假的手段和虚假的身份讲述一些真实的故事。

我始终记得少年时初次诞生写小说念头的情形，那是一种想要劈开流动的时光的冲动。但愿时光不负我，我不负文字。

目 录
Contents

后意识时代

一

我揉着太阳穴，侧头看了一会儿窗外灰色的楼群。这里是 28 层，看不到地面，视野里唯一的绿色是对面窗户上几盆耷拉着的绿植。我还没缓过劲儿来，今天的第六个来访者便在敲门了。

这是一个略微秃顶的中年男人，他身体僵硬，关门和走路的动作都十分拘谨。不用交谈也知道，这是一个焦虑症患者。他像个木偶似的直直地坐下，两眼空洞地盯着前方。

"随意些，你可以靠下去，调整到一个舒服的姿势。"我对他说。

他让自己的背靠在垫子上，依然僵硬着。但我还是给他一个微笑，对他的尝试表示肯定。

我说起惯用的开场白："怎么想到来咨询的呢？"

"我觉得我被控制了。"他又正襟危坐，身子前倾靠近我，"很多时候，觉得说话的不是我自己……有什么东西在控制我说话……"

他压低声音，像在说什么秘密，有被控幻想的患者大多如此。我在笔记本上简单记下"被控幻想"几个字，问他："可以说一说，你最近一次觉得被控制的情形吗？"

"最近一次是我在会议室里，和一个客户谈方案。我准备得很充分，脑子也转得很快。我正在指手画脚地跟他讲解我的方案，窗外每天都摆在那儿的一盆蟹爪兰突然翻了下去。会议室的隔音效果很好，听不到外面的声音，但我知道它从 9 楼摔下去了，肯定碎了，可是却没有声音，像掉进了无底洞。我没有因为这个停下来，还在拼命讲我的 PPT^①，直到客户问我，你怎么流眼泪了，是不是哪里不舒服？我才意识到我哭了。我一定是被控制了……"

他断断续续地说，"不停说话的那个根本不是我……"

我记下"情绪失控，没来由的哭泣"，继续问他："你很喜欢那盘蟹爪兰吗？"

"算不上吧，只不过每次在那个会议室谈事情，我眼睛的余光都习惯性盯着它，它就是一个铆定我注意力的东西。"

"可以跟我说说，那盆花长什么样吗？"

"它的叶子总蒙着一层灰，不像能活很久的样子，但我上周看到它开花了。"

"什么样的花呢？"

"很小，指甲盖大的，枚红色的花。"

---

① 图形演示文稿软件，全称为 PowerPoint，中文名叫幻灯片或演示文稿。

"你观察得很仔细。虽然你说算不上喜欢，但潜意识里，你很在意它。"

他哽咽了一下，身体从椅背上往下滑了一点。很好，他开始放松了。

我乘胜追击："那个客户对你很重要吗？"

"很重要，还有半个月就是晋升考核了，这半个月的每一单都很重要……"

又是一个由于成功动机过强而适得其反的案例。我瞥了一眼窗外，思考了两秒钟接下来该怎么说，就像我的来访者在谈项目的时候习惯盯着蟹爪兰一样。

"那你一定付出了很多努力。"我得先对他表示肯定，才能让他听我的。

"是的……我必须努力，只能努力……"

"你有没有觉得，有时候目标太强，太……渴望一样东西，反而……"

一个巨大的黑影从窗外掠过，坠落下去，像一个被抛下的黑色大号垃圾袋。我只来得及看清黑影末端一闪而过的黑色男士皮鞋。那是一个人。

"……反而不利于专心工作。"我流利地说完了我的话术，没有半点停顿，好像说话的人不是我。我的来访者正掩面抹掉眼角的眼泪，没注意到刚才窗外的那一幕。

奇怪的、不自然的感觉在我心头掠过，但我没来得及多想，熟练的劝慰话术自顾自地从我嘴里流出："人毕竟不是机器，不能一直保持最佳工作状态。"

我的闹钟轻声响起，我对着来访者朝闹钟努了努嘴，礼貌地示意他，咨询结束了。

"建议你这次回去后，试着调整一下目标，不要给自己太大压力，比如先把成功完成每一单，调整成完成三单，怎么样？"

他点点头，疲惫地起身离开了。我收起微笑，如释重负，下班时间终于到了。

二

走出写字楼，我看见好多人在楼前围成了一个圈，应该是在那个跳楼的男人落地的位置。尸体已经被抬走了，地上还留有暗红色血迹和一只黑色皮鞋。就是我在咨询室透过窗玻璃看到的那只。

人群里有人窃窃私语，"这是谁啊？这么想不开……"

"我知道，是 34 层保险公司的一个销售员，叫沈新。他平时就看着不太正常……"

我对沈新这个名字有印象，我在电梯里碰到过他，是一个穿着板正西装、系着端正领带的年轻人。作为一名销售员，他仿佛有使不完的热情，热情洋溢地问我到第几层，帮我按楼层按钮；热情洋溢地自我介绍他的名字，然后热情洋溢地试图卖给我他们公司的保险。但他身上仍有一股一板一眼的感觉，他的肩膀拘谨地耸立着，每一句语调高扬的招呼都像是提前录制好的，骨子里应该是一个循规蹈矩的人。这样一个循规蹈矩的年轻人，为什么要跳楼自杀呢？

这是我第一次目睹别人跳楼，我既没有惊讶地停下来，也没有惊恐地大喊"有人跳楼了"，而是顺畅地对来访者说完了我该说的话？不自然的感觉蔓延开来，像一只阴森的鬼手。我打了一个冷颤，赶紧抖落这些念头。我没空瞎想，回家还得面对哭闹不停的女儿和一个什么事都不管的丈夫，我的脑袋腾不出瞎想的空间。

推开家门，两岁半的女儿没穿袜子坐在地板上，笨拙地摆弄一个娃娃，发出"咯咯"的笑声，我给她买的幼儿连环画被乱糟糟丢在一边。我的丈夫里克，那个曾经用歌声触动我的男人，在一旁抱着吉他，无忧无虑弹一首欢快的曲子。见我进来，他抬头用天真的眼神看着我，仿佛一个期待表扬的孩子。

我走上前去，用手掌摁住他的琴弦，中断了音乐声。他愣住了，一脸迷惑不解。

"说好的晚上 7 点到 8 点给女儿讲连环画的，你在干什么？"

"我给她讲了，她不喜欢。你看她现在玩得多开心。"

"都快 3 岁了，我们的女儿还只会说单词，连不成一句完整的句子，你一点都不着急？"

"你看她在笑呀，只要我一弹琴她就笑，她对音乐很敏感，也许她像我一样有音乐天赋呢！"

这个曾立志成为音乐家、最后却成了音乐老师的男人，还好意思提音乐天赋？我忍不住提高了音量，"这跟天赋没关系！我说过很多次了，2 到 3 岁是小孩阅读和逻辑能力发展的关键期，过了关键期再怎么培养都费劲！"

"文……"他叫了一声我的名字，似乎想安抚我，但我怒气冲冲根本停不下来。

"2 岁以后马上就进入前运算阶段了，要是我们女儿语言和逻辑能力没发展好，下一个阶段的概念形成又会遇到困难慢于同龄人，你就不能负起一点当爸爸的责任？"

"文。"他又喊了我一次，嘴巴一张一合在说些什么，我没听清。我像赢了钱的游戏机一样"哗哗"往外吐着硬币。

"我知道你心态不成熟，我知道。你在我们的亲密关系里一直是一个大男孩，这是你的原生家庭决定的，因为在幼年时，你父亲不告而别，你母亲过于宠溺你，这个不怪你。但现在我们有女儿了，你能不能为了我们的女儿稍微表现得像个大人？"

"文！"他提高了嗓门，"女儿哭了！"

"我知道！"女儿从刚才起就在"嘤嘤"哭泣，现在变成张大嘴"哇哇"大哭，哭声让我心烦意乱。"但我必须让你明白，我们俩的亲密关系构成女儿的原生家庭，你知道你一直这样会对她产生什么影响吗？"

"你好好跟我说话，"他也有点恼怒了，"不要用你的理论跟我说话。"

"她会长成一个对男性没有信任感的孩子，从而对社会上的一半人都无法信任和理解！"

"文！"他突然爆发，"我让你本人跟我说话这么难吗？"

他脖子上的青筋暴起，声音重得像一面鼓，以至于有耳鸣般的回声在房间里回荡。我终于停止了。

白天的情景在我眼前浮现。

大号黑色垃圾袋落下来。

"有时候目标太强，太渴望一样东西。"

黑色的男士皮鞋从窗外划过。

"反而不利于专心工作。"

这些话真的是我说的吗，就在那个男人在我眼前跳楼的时候？

阴森的鬼手在黑暗的房间里蔓延，向我伸来，轻轻攥住我的后脑勺。我渐渐变得僵硬，失去了对肢体的控制。

三

"我觉得我被控制了。"

我说出这句话时，对面的许老师抛来一个宽厚的微笑，眼角的细纹也温柔地皱起，不像我，总笑得那么干瘪。

许老师是一个有 20 年经验的老牌咨询师，他是我的体验师（给心理咨询师做咨询的人），更是我信赖的朋友。只有在他这里，我才能放下防备，畅所欲言，用近乎撒娇的自我放任说出觉得自己被控制了这种蠢话。他没有责怪我的不专业，而是和蔼地问道：

"和里克的沟通还是不顺畅？"

我和里克之间的问题由来已久，我是一个理性的人，他却习惯随心所欲，奇怪的是，直到结婚后我才意识到了这一点。更年轻一些的时候，我们无话不谈。我们在大学里的草坪上相遇，从阳光明媚的下午聊到月光微凉的黑夜。我以为，我们足够熟悉彼此。我以为我们的交往是充分交流后的理性决定，显然，对他而言不是。也许，对他不过是荷尔蒙牵制下极力的自我彰显。

我叹了一口气，"昨天晚上我又和他吵起来了，女儿也哭了。"

"改变亲密关系需要时间和耐心，但尽量不要在女儿面前吵架，即使她只有两岁半，也容易造成不好的影响。"

"我知道这个，我当然知道……问题就在于，我明明看到女儿哭了，还是一个劲儿地在讲我的道理，居然没有先停下来去安慰女儿。我又不是不知道及时安慰孩子的重要性，我怎么做出为了吵架把哭泣的女儿丢在一旁的事……"我痛苦地用拳头顶自己的额角。

"先不要急着责怪自己，文。"许老师的声音充满安慰，"你一向是一个理性又有自制力的人，最近遇到什么额外的压力事件了吗？"

黑色的鬼影又笼罩了我，我向他说了跳楼男人的事。

许老师淡然地在笔记上记了点什么，然后对我说："有没有可能，因为你眼见他坠楼却没有任何举措，你为自己的不作为感到愧疚？"

"可我根本不认识他，只见过他一次，知道他的名字而已。"

"能说说你遇到他那天的情形吗？"

我回想起那天，我和每天一样随着通勤的人流涌入写字楼，拘谨地站在电梯口等待。电梯"叮"了一声，人们依次进入，匆忙但仍礼貌地保持着距离。电梯里响起一阵报楼层数字和说谢谢的声音，随后是死水般的沉寂。这个时候，只有沈新会说话，面对别人冷漠的脸做自我介绍。但我对他的自我介绍无动于衷，对他介绍的卵巢癌保险也无动于衷。我走出电梯，他还在身后卖力地讲述，我连头也没回。后来他在我眼前坠落，我也无动于衷，什么也没做，甚至没有为他停顿一秒。

"你看，你记得很清楚。你没有你以为的那么冷漠。"

我像被凭空飞来的冷箭射中，紧紧抓住椅子的扶手，但还是被泄漏出的愧疚感吞噬了。

我和往常一样乘电梯回到自己的咨询室，却久久无法平静。电梯走走停停，标识楼层的红色数字不断变大。28层到了，我没有出去。许老师刚才的话仍在我耳边回荡：

"愧疚感来源于一种以为只要自己做了什么，就能避免坏结果的想象。""如果你去了解他的人生、了解他的死因，就会发现很多你根本控制不了的因素。"

或许是为了弥补曾经的冷漠，我按下了34层的按钮。我想要了解他。

这一层和我工作的楼层一样，低矮的空间被磨砂玻璃分割成若干空间，每一块空间的玻璃门上贴着各自的公司名。我看到"人安保险公司"，应该就是沈新工作的地方了。

我对前台站着的女员工说要找沈新。她皱了皱鼻子，仿佛闻到什么怪味，冷漠地告诉我他死了。我说："我知道，我来就是想问问，他为什么自杀？"

"谁知道呢，他这个人一直挺怪的。有一段时间不要命地的工作，只遇见人就过去推销，业绩在公司保持了好几个月的第一。但前一阵子却连着好几周一单也没成，然后他就跳楼了。"

听起来似乎和工作挫折有关。"他自杀前有没有发生过什么事？比如公司要辞掉他？"

"我哪知道这么多，我也是听同事说的。他妈妈今天在这儿呢，要不你去问她吧。"

她胖胖的手指朝办公室里指了一个方向。那儿的工位旁有一位农妇打扮的老人在收拾东西，瘦弱伛偻的背影看着十分哀伤。

我朝她走去，那个工位的牌子上写着沈新。老妇人对我的靠近有些不知所措。我犹豫了一下，说我是沈新的一个朋友。

"哦哦……"老妇人连连答应，为不认得我而抱歉，说小新生前不太跟她提及他生活里的事，主要是提了她也听不懂。

我帮着老人一起收拾沈新的遗物，将他的茶杯、笔、书、文件夹，一一放进纸箱。沈新桌上竟摆着很多科学类的大部头，这点出乎我的意料。老人絮絮叨叨地说起过往，说沈新从小如何懂事、如何学习好，虽然他们两口子都是不识字的农民，他却一心想成为科学家。他本来是要继续读生物学的研究生的，但父亲查出来胃癌，治病很费钱。听说做销售赚钱快，他就做了销售。

原来是生活所迫，不得不放弃理想的故事，我心想。

"小新他，是个好孩子啊……怎么会想不开就……"老人泣不成声。

"也许他觉得活着太累了吧……"我安慰道，尽管我什么都不知道。

我很想问她沈新为什么自杀，但眼前的情况不适合问出这么尖锐的问题，而且老人恐怕也未必说得清。

之前站在前台的女员工走过来，礼貌地让我们快一点。老人停止了哭泣，我低下头默默整理。

一本手掌大小的笔记本从《机器人叛乱》里掉了出来，我马上蹲下身去捡起来。我蹲在桌子后面快速翻了一下，第一页第一行赫然写着："如果有一天我死了，一定不是自杀。"

密密麻麻的文字和被笔迹划透的单薄纸页透出浓厚的私人气息，显然与他的工作无关。我悄悄将它塞进了我的外套口袋。谜底就藏在其中，它像一块被烧红的滚烫煤块，隔着衣服灼烧着我，又不舍抛弃。一回到我的个人咨询室，我便迫不及待地打开了它。

四

"它们已经控制了我。这种情况出现了很多次。我在公共场合遇到一个陌生人，一开始是正常的寒暄，寒暄后就不由自主地跟对方推销起保险产品。起初我没觉得这有什么问题，我以为这是我的销售水平提高了。毕竟我对着镜子练习了那么久，如何与一个陌生人打招呼，如何自然而然地说出我要卖的产品。后来有几次，我清楚地看到对方脸上明明白白地写着厌恶，这时候我应该识趣地停下，或者换个话题，可我却停不住，好像背好的台词一定要说完才行。"（结论：它们不能识别人类的情绪）

这读起来像一个常见的被控妄想症患者的胡言乱语，但紧跟着的详细描述吸引了我。

"再后来，我发展到见谁都推销，不管这人是不是我的潜在客户。每当我见到一个人，就会自动进入打招呼、寒暄、推销产品的流程，像被按下了什么开关。有一阵子，我卖的是卵巢癌保险，我却连男人都推销！对方骂完我神经病就走了，恐怖的事发生了，我仍没法停下，对着空气滔滔不绝，直到讲完全部产品细节。"（结论：它们很可能没有视觉）

敲门声响起，我的来访者到了。我迅速合上本子，调整好状态，说："请进！"

是前两天那位焦虑症患者。他在我面前坐下，姿态依旧僵硬。

"最近感觉如何？"我微笑着问他。

"医生，我觉得我不会再好了。"他的沮丧与绝望出乎我的意料。"我觉得情况更糟了。我在客户以外的人面前都没法停止说我的方案……我越来越不能控制自己了……"

"你说什么？"我不敢相信自己的耳朵。

"我不能控制自己……"

"前一句？"

"我在客户以外的人面前都无法停止说我的方案……"

就是这句，和沈新笔记里的描述一致。这只是巧合吗？

五

"我在一幢38层的大楼里上班，这幢楼里大概有两万人，我几乎向这两万人中的每个人都推销过，有一些成功了，但更多的是失败。我看过每个人的冷漠，或是破口大骂的狰狞。晚上睡觉前，这些面孔在我脑海里轮番播放，每一张上面都刻着鄙夷，那是对我的鄙夷。我不知该如何生活下去。"

当我伴着下班高峰汹涌的车流读完这段，愧疚感再次击垮了我。因为我也是其中一张对他表现出鄙夷的面孔。

晚上回到家，我发现里克正在客厅看电视，一边看，一边发出轻笑，和女儿玩娃娃时的表情一模一样。一想到女儿有一半的基因遗传自他，我就十分恼火。对于这个世界可能正在发生的复杂变化，他浑然不知，还在看着综艺节目哧笑。他因无知而快乐的眼睛望向我，说了一句毫无营养的"你回来了啊"。

"我在网上给女儿买的新衣服今天到了吧？质量怎么样，有问题吗？"

"衣服？啊我今天回来时忘记取包裹了。明天去吧。"

又是轻易的忘记。我想到许老师的劝告，"不要把压力带回家里"。我强忍着没有吐出一句怨言，径直回了房间，再次摊开了那本笔记。

"我变得沉默寡言，害怕和任何人说话。我不再说话后，它们控制我说话的情况确实消失了，不过代价是我那个月的业绩为零。经理把我叫到办公室痛骂了一顿，然后丢给我一种新的保险产品，让我务必在下个月卖出至少 5 单，否则就开除我。没办法，我回到家，开始熟悉新产品的材料。当我轻声背诵时，它们再次控制了我，让我对着墙壁自言自语了两个小时，将所有我代理过的保险产品轮番说遍了！仿佛在房间里闷久了的狗，一得到放风的机会，就变本加厉地疯跑。但它们和狗不同，它们是群居动物，习惯集体行动，只要提到它们中的一个，与其关联的其他几个就一股脑儿从我嘴里冲出来。我做过实验，散漫没有逻辑的日常用语不会引起它们的行动，只有属于某个体系框架的词语才会引起滔滔不绝。它们本质上就像基因，每一个都由属于它的特定词汇组成，就像不同的基因由特定的核苷酸序列构成。它们的繁殖本能也和基因一样，为的是尽可能多地留下自己的拷贝，扩大自己的种群！而人类的意识就是他们的载体，人类之间的语言沟通（包括口头和书面），就是它们的传播途径！"

"上次你说的感觉被控制了的情况好些了吗？"许老师温和的声音环绕着我。

"啊？什么？"我回过神来。沈新密密麻麻的字迹依然在空气里浮浮沉沉，这种情况已经一周多了。

"最近还有没有强迫性的行为？比如肢体不受控制地做某个动作？"许老师问，"如果还有的话，可能就是焦虑症了。"

"不是焦虑症。"我低声说道，"是它们，它们控制了我……它们在控制人类……"我的身体不自然地颤抖，大概语无伦次了。

"文，你还好吗？"许老师问。"是妄想吗？"

"文，你冷静一点。是头脑里在发出声音吗？还是你看到了什么？你应该知道，被害妄想是很常见的一种妄想……"

他一口气讲了一堆妄想的症状和原理，但我一句也没听进去。他为什么要讲这些？这些我又不是不知道。许老师也被控制了吗？就像沈新不受控制，必须说完推销话术那样？

我走在回家的路上，觉得街上人说话的声音都变得长而干瘪。那个拿着手机的男人讲方案足足讲了一路，商店门口的营业员无休止地介绍着产品，冗长而无聊。中心广场上的电子屏幕在放一档法律节目，西装革履的律师对法律条目喋喋不休……每个声音都那么反常，他们，都被控制了吗？还是说，世界原本就是这番模样，是沈新的笔记才使我关注到这些细节？

我的脑袋"嗡嗡"直响。不行，我必须找到更为确实的证据。

六

"我在网上找到了与它们相关的论坛，有一群人，和我一样受着它们的折磨。我尝试着想告诉身边的人，它们正在试图控制人类。一开始，我还能正常地谈论它们，我的意思是即使别人拿异样的眼神看着我，我也能顺畅地说出它们。可是很快，我就无法对别人说出它们的名字了！只要提到它们的名字，我就会失语，好像脑子里有一个敏感词筛选器。我猜，这是因为那些名字是它们的成员之一。它们能喋喋不休地从我嘴里跑出来，也能躲在我的意识里不出来。如果这是真的，它们很可能通过决定输出什么、不输出什么来控制人类的思想。这才是最可怕的地方，也是我写下这些文字的原因。我有一种不好的预感……如果我遭遇不测，请去看《机器人叛乱》第七章，那里有它们的名字。"

《机器人叛乱》就是沈新工位上的那本书，已经被沈新的母亲带走了。我上网搜到了，它的第七章叫作：从基因到模因。

"模因，指的是文化信息传播的单位，正如基因通过精子和卵子从一个个体转移到另一个个体，模因在文化传播中从一个脑子传到另一个脑子进行繁殖。"

我输入模因，找到了沈新所说的论坛。我一页页帖子读下去，直到手心冒汗、头脑发热。他们所分享的被控制体验与沈新笔记里说的大同小异，但因为各自职业不同，被不同种类的模因殖民，比如数学家被数学体系的模因殖民，建筑师被与建筑相关的模因殖民，广告策划人被自己的方案模因殖民。我甚至可以从他们相似的描述中提取出被模因控制后的阶段性标志症状。先是发现自己说话时不能在恰当的时机停住，再是身体僵硬、焦虑紧张，然后是不分对象滔滔不绝。

"天哪，我是一个心理咨询师，我难道要相信一个被害妄想症病人的言论吗？"唯一可以推翻或证实这些言论的就是实验。

我对着镜子深呼吸，整理了一下实验思路，说出第一个实验词汇："你好。"

我的喉咙和上颚轻轻震动，带动耳边的空气像水波般荡漾开来。声波的短暂震动消失后，空气恢复了平静，我没有持续说话，也没引起任何其他特殊反应。

我接着说出第二个实验词汇："我叫文。"

没有反应。

我深吸一口气，谨慎地说出了第三个实验词汇："潜意识。"

我本该停止说话的，但一种黑黄色、蠕动的烟雾从我嘴里涌出，如同密集行进的蜂群。

"是指那些在正常情况下根本不能变为意识的东西，如内心深处被压抑而无从意识不到的欲望……"

是它们。它们占据了我的大脑，将我的喉咙作为甬道。我拼命捂住嘴，它们便从我手指的缝隙涌出。我砸掉镜子，推倒高耸的书堆，可巨响没能动摇它们行军的气势。

里克闻声赶来，隔着门喊我的名字。我瘫坐在地上，没有力气去开门。他撞门进来，看着一地狼藉惊讶不已，抱起地上的我焦急地问我怎么了。可我无法回应他，它们完全霸占了我的语言。

"弗洛伊德认为潜意识具有能动作用，它主动对人的性格和行为施加压力和影响。"

"你怎么了，为什么说这些？"里克问。

"看起来微不足道的事情，如做梦、口误、笔误，都是由大脑中潜在的原因决定的，只不过是以另一种伪装的形式表现出来……"

"我明白了，"里克苦笑了一下，"你是想说，我忘记给女儿取包裹，不给女儿读连环画都是故意的是吗？你认定我是一个幼稚，没有责任感，用潜意识的失误来逃避责任的人，是吗？"

我无法解释，像复读机一样往外吐着字。里克站起来，摔门离去。

潜意识的理论太过庞杂，像开了闸的洪水，我从弗洛伊德的潜意识能动性讲到荣格的集体潜意识，讲到阿德勒的自卑感，讲到弗洛姆的社会潜意识……天蒙蒙亮的时候，我终于停下来了。我顾不上口干舌燥，以最快的速度赶到公司，调取出近三个月的来访者档案做统计分析。

除了原来的旧病人，近三个月以来焦虑症患者增加了三倍，描述的症状都有身体僵硬、被控幻想、在工作场合一讲话就停不下来的情况，与论坛上发帖人的讲述高度吻合。

我颤抖着打印出这些报告，去找许老师。

他的眼角皱起温柔的皱纹，和蔼地问我出了什么事。

"非常紧急的事。"我说，"我们好多患者被文化模因控制了，很可能会死。我们必须做出干预。"

"你在说什么？什么模因？"许老师不解地看着我。

"我知道这听起来很荒唐，但这是真的，我有实验证据，还有数据支持！"

我将报告给他，他严肃地看了一会儿，依旧一脸温和，"文，你的发现是对的，最近不仅我们工作室的焦虑症被控幻想患者增加，在世界范围内都增加了。但事实不是你想象的那样，并不存在什么模因控制人类的事情。"

"那到底是怎么回事？"

他露出神秘又欣慰的微笑，"事实是，人类进化了。"

七

心理学界从来没举办过如此盛大的学术发布会。全场座无虚席，连过道也挤满了人。我仔细看了看嘉宾席，除了心理学界的科学家，各个专业领域有声望的顶尖科学家都来了，而挤在前排的媒体记者，几乎集齐了全国叫的出名的媒体平台。他们的摄像机对着投影幕布上"人类意识的进化——全国学术汇报"那几个不停闪烁的大字。许老师站在宽阔的讲台上，身后的屏幕放出一张巨大而清晰的大脑示意图。这张图与普通的大脑示意图不同，这张图的大脑皮质表面有一层细细的、蛛网似的网状物覆盖其上，并被生物荧光剂标记成绿色。

"近半年来，全球范围内的焦虑症患者增加，相信很多心理学界的朋友都注意到了。心理学家们反复探究原因，最后在这些焦虑症患者的大脑内发现了网状结节组织，就是图中这些标记成绿色的细线。起初研究者们以为这是大脑的病变，但很快在非焦虑症患者的大脑中也发现了这种组织，而这些非焦虑症患者大多是从事科研、法律、金融等高密度的文化知识工作，而且无一例外都是自己行业内的佼佼者，拥有傲人的知识量和清晰的逻辑思维。经过复杂的对比研究，心理学家们得出结论，这些网状结节不是病变，而是人类意识进化的证据！而近半年大量出现的焦虑症只是对这种新型进化适应不良的伴生症状。"

场上掀起一阵骚动，惊叹声和低语声此起彼伏。我震惊得说不出话来，我从未想过，有生之年，我能亲眼见证如此重大的科学发现。

大脑网状结节的图片很快被加入了各个版本的教科书，在学术论文中更是被频繁引用。而许老师在大会上的发言，像新时代的宣言般，充斥着人们的眼睛和耳朵。

许老师穿着端庄的西装，在电视里说："我们都知道，人类经过了五千多万年的漫长进化，才从古猿进化成现在的模样。人类的心理与意识同样经历了漫长的发展，甚至比人类形体的进化史更为久远……"

许老师的论述出现在报纸头版上："从地球上出现第一个称得上生命的单细胞起，每一个阶段的物种演化都在人类的意识里留下显著的遗迹，就如同早已灭绝的远古生物在不同年代的岩石层中留下化石。诸如恐惧、逃跑、攻击、捕食，是冷血爬行动物阶段发展出来的本能。哺乳动物出现后，发展出了更为细腻的感知力和情感反应，构建出如今我们称之为潜意识的心理基础……"

我甚至在广场中央的大屏幕上看到了许老师，他说"直到人类学会使用工具，发展出语言，使用语言沟通和记录，人类才真正具有了意识、理性和智慧，人类才得以创造出如此丰富、灿烂、伟大的文明。而如今，继本能、潜意识、意识之后，人类大脑进化出了更高级的心理模块——后意识。后意识的诞生得益于人类语言与理性的高度发展，它完全遵循理性的逻辑和知识的组织结构，它将引领人类进入更高级的文明！"

每次听到最后那句结语，我的毛孔都会不自觉地耸立起来，仿佛"后意识"这个原本中性的词，被强行刷上了红漆。但它给心理学界带来的震动是巨大的，研讨会一场接着一场。在唇枪舌战中，我看着人们口中喷出不同颜色的蠕动的烟雾，一些浅色的烟雾被浓重的烟雾吞噬，留下强势的烟雾们交融在一起，演化成一种模糊不清的新的颜色，新的理论便诞生了。

人类很早就将只因本能而发生的杀戮或性行为定义为犯罪，或是具有危险性的精神病，将其排除在人类文明框架之外。心理咨询的整个理论框架都建立在人类的心理分为意识和潜意识这一基础心理结构之上。从弗洛伊德开始，心理咨询的主要分析对象就是人类的潜意识，以及潜意识与意识的关系。近些年，以罗杰斯理性分析法为代表的新一代咨询方式已经越来越重视人类意识与理性的作用。而在人类已经进化出后意识的今天，新的理论认为，对潜意识的研究将成为历史。潜意识就像人类的本能一样，应该被定义为人类现代文明之外的东西，过时的东西。

而那些认为自己被控制的焦虑症患者，被认为是后意识适应不良症。心理学界很快研制出了治疗适应不良症的药物——利维它。它的治疗原理和抗抑郁药通过调节激素水平来消除抑郁的原理相仿，即通过药物作用来降低大脑中主要产生潜意识的边缘系统的活跃度，扩大意识和后意识的活动空间。

那位患焦虑症的中年男人再次来找我咨询，告诉我，他在公司楼后面的垃圾箱里找到了那盆碎掉的蟹爪兰。

"它的球茎完全裸露在外面了，好几条枝被折断了，惨不忍睹。我看了它一眼，就忍不住哭了。"他说，"你说得对，我潜意识里确实很喜欢它。"

"这些都不重要了。"我说。

我给他开了一张服药建议，两个疗程的利维它。"去精神科取药吧。吃了药就什么事都没了。"

他接过单子，将信将疑，但还是乖乖按疗程吃药了。一周后，当我再见到他时，他的状态好多了，一点都不僵硬了，说话也更流畅了，尽管两句话都不离他的广告方案，令人乏味。

我的口袋里也有一瓶利维它，是许老师给我开的。但我一直没吃，连包装也没撕开。不得不吃药让我觉得很无力，就像承认自己确实病了，并且无法靠自己的力量好转起来。我看到自己说话时吐出的烟雾逐渐变成和其他同行一个颜色。被控制感依然折磨着我，僵硬的后背让我夜里无法入睡，成宿成宿失眠。我已经无法对别人说出模因这个词了，就像沈新生前。网上关于模因的论坛莫名其妙关闭了，本来就极少的关于模因的文章也消失了，仿佛从来没有存在过。相应地，后意识这个概念繁殖得很快，它是灰蓝色的，拥有强韧的根须和矫健的脚程，我在各种场合看见它在人们口中的烟雾交换中迅疾奔跑，很快在我认识的每一个人的头脑里根深蒂固，除了里克。他的脑子里没有这些，嘴里也没有乌七八糟的烟雾，他纯净得就像我们在大学里第一次相遇时的那个下午。我们坐在草地上，隔着青青小草，沉默无言。他拨弄着琴弦，时不时抬起眼睛，迎上我忘记看书的目光，两个人都变得温暖又炽热。

可这一切都已远去，无法追回了，就像潜意识成为一个被抛弃的过时理论。但我依然无法坦然接受这个新的世界。到底是相信自己被控制更荒谬，还是相信人类进化出后意识更荒谬？我带着由于失眠产生的头疼走到窗边，打开窗户，跨到栏杆之外。恐高令我头晕目眩，双腿发软。失去意识前，我看见里克朝我冲过来，面色惨白，嘴唇颤抖不已，圆睁的瞳孔里映出最真实的恐惧和最真挚的担忧。这是我所看到的，人类最后的纯真。

八

当我恢复意识时，发现自己躺在病床上。原本在我口袋里的那瓶利维它摆在床头，封口的包装被撕开了，说明它已经被打开过了。那些困扰我许久的幻觉消失了，被控制感也没了。我感到前所未有的神清气爽，头脑清晰，仿佛变得更聪明了。

"你终于醒了。"里克露出一副喜极而泣的神情，还是一如既往的愚蠢。

许老师站在我床边，脸上挂着少见的严厉："作为心理咨询师，怎么连按时吃药都做不到？你焦虑症恶化差点跳楼，还好里克救下了你。"

我笑起来："是啊，早知道就按时吃药了。吃完药觉得舒服多了。"

回到家，我看到桌上还摆着那本从沈新工位上捡来的笔记。我又一次翻开它，里面一片空白，没有一个字，一半的纸张因为被水浸湿而变形，摸上去凹凸不平，布满水纹形状的污渍。什么模因控制人类，都是我的幻觉吧。我嘲笑了一下自己，把笔记本扔进了垃圾桶。

适应后意识的人越来越多，各个领域的学术论文数量暴增，新的理论与技术层出不穷，停滞许久的航天研究也突飞猛进，甚至连移民外星都变成了一件唾手可及的事。媒体上满是专业性质的节目，逗人发笑的傻乎乎的娱乐节目几乎看不到了。我津津有味地看着电视上人们越来越快的语速，每日饥渴地摄入新知识、新观念，努力吐出有价值的新想法，像一列全速向前停不下来的火车。人们的日常沟通省去了许多繁杂的礼节和寒暄，因此更加高效了。但奇怪的是，里克始终没有改变，他既没发展出完整的后意识，也没出现后意识适应不良症，像个静止的原始人。我和他说的话更少了，他总是跟不上我的思路，而我觉得他的话毫无营养，听他说话基本上等于在浪费时间。

我读到最新的研究中说，有一部分人类确实无法发展出后意识，这属于进化中的正常现象，这类人会在自然选择中慢慢被淘汰。许老师表示，里克这类人，最终会完全无法理解后意识人类的语言。就像两个 AI 长时间交流后会生成人类无法理解的独特 AI 语言体系一样，到时候，里克这类人看后意识人类的谈话，就会像人类看 AI 之间的交流一样。我和里克终将是两个世界的人。但女儿还小，她稚嫩的大脑尚且处于发育期，如果在成长中持续和里克接触，就有可能受到负面影响，不利于后意识的顺利发展。

为了让里克容易理解这件事，我把离婚理由用纸写成书信，和离婚协议书一起给了他。值得欣慰的是，很快签了字，我获得了女儿完整的抚养权。

后来我把女儿送到专门为儿童设立的后意识培训机构，女儿很快就达到了后意识人类该有的语言水平，让我不再操心了。

有一天，我从培训机构接女儿回家，在门口碰上了里克。他费了很大的劲才让我明白，他想和我喝杯咖啡，顺便和女儿待一会儿，他太想念女儿了。出于怜悯，我决定满足他作为原始人类的情感需求，和他去了最近的一家咖啡馆。

里克喊着女儿的小名，想和女儿说说话，女儿却全程拿着培训机构发的电子屏，胖胖的手指在上面点来点去。

"叫爸爸。"我指着里克，对女儿说。

女儿抬头，吐出一个无比连贯和正确的句子："爸爸，对有子女的男性的一种称呼。"

电子屏识别了女儿说的话，发出一声"correct[①]！"的欢呼声。

"生物意义上，爸爸是对子女贡献了一半染色体的雄性。"女儿接着说。

---

① 对的；正确的。

"correct！二级联想达成！"电子屏发出一阵更热烈的欢呼，里克却面色暗淡下去。

我笑了笑，"女儿最近后意识语言学习进步很快。"

"没事。"他叹了一口气，"我来，是想确认一下，我当初对你做的决定是否正确。"

我没法停下来听他说话，亢奋地进入对后意识语言学习的阐述。

"他们的后意识培训是以微电流刺激大脑皮层为基础，配合降低边缘系统活性的药物，再加上思维联想训练，促使大脑皮层结节的生成……"

"这几年我们总是吵架，你总说些我听不懂的话，说模因控制了你。我知道其他人都不相信模因这回事，但我相信你，因为我看到的你的恐惧是真真切切的，即使你嘴上说着无关紧要的话说个不停。那晚你跳楼，我从你眼中看到了求救的信号，我就知道不是你自己想跳楼的，是那种东西在控制你，想让你死，而你在抗争，一直坚持与它抗争。到了医院，许老师说你跳楼自杀是因为你不肯吃药。他说你变成了另一种人类，如果要活下去，必须得吃这种药，让我做决定。我不能看着你死，但我不知道，你吃完药是否会被那种东西完全控制，是否还是你自己。我决定赌一把，先让你吃药活下来。我赌的是，即使吃了药，你也会与那东西抗争到底。"

"经过一个月的后意识培训，女儿的大脑皮层上真的结出了两个后意识网络的结节……"

"所以，现在的你，是你本人吗？你还是那个，在起风的下午坐在草地上读书的女孩吗？"

"只要坚持培训半年，她的后意识网络就会完全成熟，她会是第一批从小就使用后意识思考的人类……"

"我知道你停不下来，没关系。如果是，你眨一眨眼。"

我眨了一下眼，温热的泪水夺眶而出。

逃出索里星

一

掌声响起时，我才发现自己浑身是汗，黏糊糊的，像小时候在地球上的夏天午睡时做了噩梦醒来。

我看向一旁的博夫，他正热切地望着舞台中央谢幕的演员，振奋地鼓掌。我担心等会儿博夫又要和我讨论戏剧。他是戏剧专业毕业的，在文化管理局工作，总是喜欢热切地讨论看过的每一场戏，并且热衷于用一种绝对权威和肯定的口吻来谈论。说实话，我并不觉得这场话剧有多好，甚至可以说十分无趣。我浑身冒出了冷汗不是被它的好所震撼，而是被这场戏透出的虚空惊吓的。世上怎会有如此贫瘠、刻板，又矫揉造作的话剧。我深刻的怀疑，这个世界的审美出了问题，我们所处的时代生了病。一种明明空乏，却硬要拗出华丽姿态的病。就像索里星上的人造空气明明很没真实感，每一个第一步踏出飞行舱的人却都要深吸一口气，感叹一句，"多么纯粹干净的空气啊！"

"太棒了！"走到剧院外时，博夫饱含激情的戏剧评论如约而至，我的头疼也如约而至。

"真是太棒了！"他又反复了一次，"尤其是整个世界都是 VR① 投射的真相揭露后，每个人都漠不关心的表情。整个世界都是皇帝的新衣，但没有一个人选择做那个戳穿谎言的小孩。这样的反差设计实在高级！"

博夫说这些时，双臂不住地大幅度挥动着，凝望着街道的双眼发着光，就像一个激扬的演说家面对着并不存在的遥远的观众。这使我联想到 20 世纪 80 年代怀揣美国梦乘船前往美国东海岸的人们，他们站在污浊不堪、摇晃不止的甲板上，用食指指着美国东海岸隐隐显露的胜利女神像的雕塑，用充满期待的嗓音大喊道：America② ！

可结局是，钱只被攥在少数人手里，大多数人灰头土脸、败兴而归，仅有的作用就是帮忙败坏了美国仅剩的新鲜空气。如果不是因为他们，地球上的空气也不会消耗得这么快，环境的污染速度也不会这么迅疾，那么兴许在我的有生之年就不会非来索里星不可了。

我们这批第一波来到索里星的后意识时代的人类，和那些怀揣美国梦的人们没什么两样，尽管我们的生活看起来更加精致，有源源不断的新鲜空气和营养均衡的可口食品；新型建筑的门面有最精致的橱窗，剧院里全天轮番上演着精心打造的戏剧，来避免出现无聊空乏的时间；街上的每一处街景，都崭新得仿佛身处虚假的建模世界。

---

① 虚拟现实技术，英文 Virtual Reality 的缩写。
② 美国。

"如果我们生活的索里城也是虚拟的，你会指出真相吗？还是和戏里的人一样，选择漠不关心？"我终于找到了一个问题来接博夫的话，但这个话题似乎在他的评论体系里属于不入流的那种。

"我们？你多虑啦。我们可是代表人类智能最高水平的后意识人类，移民索里星的飞船、整座索里城，都是经过严格的规划设计才诞生的，我们永远都不可能处于那种滑稽的境遇。"

"凭什么这么肯定呢？"我反问道，"我们身处的全是人造环境，甚至没人确切地知道索里星的真实地貌是什么样的。"

看来博夫一定是那个选择漠不关心的人，甚至连承认世界是虚假的都不敢。或许他真的不是一个合适的约会对象。我如此想着，我不禁叹了一口气。

"洛，你知道吗？你哪儿都好，就是不太像个后意识人类。"博夫正色道，"你既不相信这个时代的伟大，也不相信你自己，总想些没用的，杞人忧天。"

出来和博夫约会，还不如加班盯着病人的脑电波。我又在心里叹了一口气。

"也许吧。"我耸耸肩，懒得跟他辩驳。反正，我本来就不是纯正的后意识人类。反正，自从十三岁那年后，我就再也不能在这颗星球上感受到一丁点儿真实了。

"我们本来就不是同一类人。以后也不必出来见面了。"说完这话，我觉得心里畅快起来，自顾自转身走了。这个糟糕的约会就应当是这种结局。

二

这里是索里星。

不知是不是因为这个原因，我看到的一切都索然无味。天空从早到晚呈现屎黄色，太阳又小又冷，像拙劣背景布上的一颗钉子，大地灰扑扑的，排列着一个个蘑菇似的城市组块。每个蘑菇块中都包含一模一样的功能建筑，如果你走在街上被瞬移到了其他蘑菇块里，恐怕你也根本察觉不到。不过没人在意这个，本来这座索里城的设计理念就是功能模块的最大嵌合度和复用率，像积木似的可以随时重组，不浪费一点儿资源。这倒不是因为索里星资源匮乏，而是这里的人们对高效率有着强迫症般的追求。

当他们算出最高效的方案时，就像数学课上第一个发现步骤最少的解题思路的课代表一样，眼睛闪闪发亮。当班长举手说，他发现了更少步骤的新解法时，课代表的目光就暗了下去，而班长和数学老师的眼睛却亮了起来。他们就像一台机器上不同功能的指示灯，一亮一灭地交替，没有半点儿多余的动作或声响。

班上的其他人都像拔了电源的灯箱，毫无反应，只有我斜对角靠窗位置的一个马尾辫女孩偷笑了一下。她的马尾辫上硕大的橘红色蝴蝶结颤动着，带出橘红色的虚影，好像魔法少女的头饰，非常幼稚。在我看来，她的偷笑有些显眼，像平静的湖水里落入了一颗小石子，"扑通"一下荡出几圈波纹。奇怪的是，除了我，没人注意她。

我忍不住举手，"老师，我有更简单的解题办法！"

这次换成班长的眼睛暗下去了。当数学老师用那对顶着三层眼皮的睿智小眼睛满怀期待地看着我时，那个马尾辫女孩又"噗嗤"一笑，好像识破了我的诡计。

接下来我极力掩饰心中的戏谑感，一板一眼地说出了答案："过程是——略。"

我一说完，数学老师的死人脸果然有了生气，两个嘴角快掉到地上了。那个女孩捂住自己的嘴，眼睛弯成好吃的月牙饼干形状。她还在偷笑。我想起来了，她叫伊格子，是上学期转学过来的。

数学老师很快恢复了不苟言笑的常态，眼中的光亮也熄灭了，像燃尽的火柴，"小洛同学，你要明白，使我们人类进化成后意识人类、获得移民索里星资格的，是高尚的理性之光，而不是滑稽的小聪明。"

他既没让我罚站，也没气急败坏地骂我，反而让我坐下了。我自觉讨没趣，懒洋洋地趴在桌面上。什么人类理性之光，什么生为后意识人类的骄傲，他们总是这么说，可我却不能从中体会到丝毫乐趣。这大概是我从小数学成绩垫底的原因吧。

放学铃响了，我在座位上磨蹭了一会儿，等人都走光了，才慢吞吞地站起来。我可不想让他们发现，我放学后还要去后意识学院。

每天晚上的后意识思维训练课程比数学课还烦人，是母亲给我报的。这破课程尽让我们戴着一顶可笑的网格帽子，重复些别扭晦涩的二级联想和三级联想的定义，说是为了结合微电流对脑的刺激建立树状知识结构，日后好成长为具有学术禀赋的大人。这个学院里大多是十三岁以下的小孩，要跟一帮毛孩子大声嚷嚷着抢答屏幕上给出的题，我觉得实在丢脸。我已经十三岁零九个月了啊！

我多次向母亲要求停止后意识学院的课程，可我的母亲是一名心理咨询师，对儿童教育，不对，现在应该说青少年教育了，有着专业级别的执着。按照她的理论，先天的后意识小孩只要稍作训练，就能在智能上超越大部人同龄人。而我这种后天的后意识小孩，要依靠不断地训练才能不落后于同龄人。

"你说什么都没用，你必须去。"母亲说这话时，仍没有停下手头的病患案卷梳理工作，像台"咔哧咔哧"一刻不停的缝纫机。我不知道大人都这样，还是所有索里星上的人类都这样。"要怪就怪你那个未进化的爸爸，害你没法拥有先天后意识。"

除了这句话，我再没从母亲嘴里听见任何关于父亲的描述，他对我而言只是一个概念，一个生物学意义上贡献了我一半染色体的人类雄性。而她自己，一个冰凉如缝纫机的母亲，又有多大程度像一个母亲呢？

我刚好从座位上站起来，伊格子就背着书包向我这边走来。我不确定她是不是冲着我来的，她踮着小碎步，书包上挂个不知是猫还是兔子的毛绒玩具，脸上笑得傻呼呼。她张开嘴，正要说话，我抢先一步走出了教室。她却一直走在我身后，踮着她的小碎步。她怎能这样无忧无虑、天真烂漫，还挂着那么傻里傻气的玩具，简直是个没脑子的傻姑娘！搞得我都没办法去后意识学院了。我一赌气，选了另一条路，往区图书馆走去。

在这个光秃秃又自我重复的索里星，区图书馆是唯一让我有遐想的地方。这栋高耸的圆柱体建筑里可以浏览自人类文明存在以来的一切资料，无论是文字、符号、声音，还是影像。人类登上索里星后才有的书籍都在告诉我们，我们之所以能够达成移民索里星的成就，是因为我们是第一批得到进化的后意识人类。我们不同于留在地球上的人类，他们的智商（或者说智能）与我们相比，就像是人类和大猩猩，完全无法放在一个层面上比较。他们是被进化论淘汰的低级人类。而我们作为首批得到进化的人类，必须肩负起建设索里星的责任，发展更先进的科技，为后代人类夯实基础。天哪，还有比这更无聊的事吗？

我来区图书馆自然不是为了看这些无聊的索里星论文，我是来看史前地球资料的。我最爱看的一类是地球动植物影像。火星上没有生命，除了人类。虽然火星城里也有人工的植物和电子宠物，但完全没有影像里的那种灵动感。那天我又看了地球森林里小型哺乳动物，有猫、狗、兔子以及松鼠。不知道为什么，只要盯着这些毛茸茸、尖耳朵的小玩意，我就觉得暖融融的，时不时会发出傻呵呵的笑声，忘记了不开心的事，也忘记了时间。

我停下来后，才发现天都黑了。母亲这时候应该下班回家了。我恋恋不舍地离开区图书馆，走在橡胶磨砂的路面上。这条路又长又宽，路灯挨个亮起，均匀地照到路面和沿街的建筑上。那是经过严格计算的，几何意义上的均匀，没放过任何一个留有阴影的角落。我感到无处可藏，心里憋闷极了，我简直怀疑是不是脖子里的换气阀（嵌入人体调节体内气压的装置，使人类适应索里星大气）坏了。我不明白自己为什么这么不开心，心里好像缺了什么，又满涨得不行，满得溢出了酸苦的水，像放过期了的橘子味苏打水。我站在红绿灯路口，站在一排安静等待的行人中，暗自捏紧拳头，恶狠狠地盯着眼前井然有序的街道，愤世嫉俗，巴不得这些车全都撞到一起。我需要改变，需要一个全新的世界、全新的体验，震撼的、颠覆的，而不是被这些无聊的东西包围。

红灯结束，我旁边一个穿白衬衫的中年男子将手放在脖子前，扯了扯领带，然后向前迈出了一大步。紧接着，伴随着一阵巨响，十字路口的四五辆车撞在了一起。车轮之间，离我不到两米的路面上，是一团猩红色的不成形的肉泥，唯一能看出的形状是人的手指和脚。空气中充满红色的雾。那个白衬衫男人，他碎掉了，成了一摊肉泥。我呆呆地站了好一会儿，直到警车和救护车呼啦呼啦地赶来。

死亡。这是我第一次目睹死亡。我看到一条黑色的裂缝出现在那团猩红色的肉体之下，像一道劈下的闪电，沿着路面延伸出去。那道裂缝里深不见底的黑色，仿佛地狱的入口。我感到黑色的阴影从那道裂缝中钻出，张开黏稠的四肢，慢慢向我逼来。

这就是，我期待的变化吗？不，我不是真的想要一场车祸，我不是……

我逃跑了，用尽全力奔跑着，仿佛在做一个被鬼追的噩梦，不敢回头。

当我抵达家门口时，看到门缝里透出熟悉的白光，松了一口气。看来母亲已经先于我到家了。

我打开门，母亲竟没在她的工作间，而是端正地坐在客厅沙发上，像一台待机的家用电器。不，那是一台专门给我下达指令的电器。

"你必须去上后意识课，直到 18 岁成年，思维定型。"

看来我逃课的事已经败露了。她冷飕飕的声音让我没有半分诉说的欲望，除了我的成绩，她什么都不关心。

"18 岁成年是地球理论的说法吧。后意识人类在智识上的早熟远超过去的地球人，我可能早就定型了！"我忍不住顶了回去。但我说的是事实，我从区图书馆看到的一篇论文就是这么说的。

她仍然气定神闲，冷冷地说："你知不知道，你不去后意识课堂意味着什么？你知道你落后别人家小孩多少吗？"

我忍无可忍了，"你不就想说我成绩差，说我笨吗？你从小就觉得我不如别人家的孩子，我就笨了，我可笨了，你的女儿就是个笨蛋！"

"我再严肃地告诉你一次，如果你不能成为完全的后意识人类，后果会很严重。"

"怎么着，会死啊？"

"对，会死！我有的病人就是这么死的！"

这个女人怕是疯了，她在工作上遇到问题冲我吼什么劲，我从来没听她这么说过话。整个房子里的空气怕是要炸了，我一分钟也待不下去了。我快速穿上鞋，夺门而出。

夜已深，街上空无一人，城市路灯调暗了几个亮度，整个街道呈现灰蓝色，这座城市正准备进入酣眠。我脑子却一团乱，愤怒、委屈和对死亡的恐惧，都拧在一起，与这灰蓝色的空气混淆成一个忧郁的梦。就在这个时候，我遇到了邱比。

它出现在路边的围墙上，白得像雪。它的爪子乖巧地摆在肚子前，蹲坐的姿势像只猫。耳朵却长长的，垂在两边，像兔子耳朵。

"你想要改变的心愿，我可以满足你。"

当邱比蹲在围墙上歪着脑袋说出这句话时，我一度认为它是哪个无聊鬼做出来的电子宠物。不过它那么圆润可爱，身体仿佛散发着一层白色荧光，根本不是那些劣质的电子宠物能比的。我踮起脚，伸手去摸它，可我的手却穿过了它。不，不是我穿过了它，而是它的身体在我的手掌周围散开了，像一团密度很大的雾。

"你……你不是电子宠物？"

"哦，忘记自我介绍了。我叫邱比，对你们人类而言，我是索里星生物。"它灵活的长耳朵在无风的夜里可爱地翻动着，"和我缔结契约，成为魔法少女吧。"

三

"我觉得，这座索里城是假的。"

眼前这位病人呆呆地坐在椭圆形的脑电呈现场中，他的脑电波表现倒不像妄想症那样高度亢奋和紧张，而是显现出真切的疲惫和无力。

会继承母亲的心理咨询工作可以说是我人生中最大的笑话。不过这座城市没人会在意我是不是好笑，即使我像一个小丑一样躺在马路中央任嘲，也不会有人浪费宝贵的时间停下来瞧我一眼。这种彻底的忽视反而带来一种特殊的安全空间，使我能苟活至今。不过现在的心理咨询工作不同以往，我大部分时间坐在一个四面呈现着脑电数据图表的空间里，不需要直面病人，只是调取椭圆形场域里病人的脑电波数据进行分析。这使心理咨询工作变成一种纯粹的数据处理工作，但我仍然需要通过话筒向椭圆形场域里的病人问几句话，来刺激他的脑电变化。

"为什么这么说呢？你的职业是建筑师，你也是这座城市的设计者之一吧？"我一边说，一边调出他的详细资料来看，男，42岁，建筑师，住在索里城B区。

"正因为如此，我才万分痛苦。"他的神态更加卑微了，仿佛马上就会化作一堆灰尘，落到地上。

"有一天我下班回家，像往常一样走在路上。你知道的，索里城的工作区和居住区都是按照一定的空间距离组合在一起的，以保证在这个区工作的人能够在最短时间内抵达上班场所。每天，我从家里走到公司需要15分钟，会路过2个红绿灯路口，3个拐弯。每天的街景都别无二致，没有一丝改变，大多数街道的布景和转角也一模一样。为了避免自己感觉完全没有移动，也为了打发时间，我走路时有数人行道砖块的习惯，每天从公司走到家，正好573块人行道地砖。可是从一个星期前开始，地砖变成了568块。少了5块！"

这位病人显然有非常严重的强迫症。我用意念速记将这条信息加入他的档案。

"人行道的地砖，也是你的设计范围吗？"我问他。

"不是，我只负责居民楼。但我特地向同事要来他当初绘制的道路设计图看过，他的设计图上的确是573块砖，和我之前数的一样。"

"可是，你们设计师应该也顾不到地上有几块砖这么细吧？在施工过程中少一两块，也是很正常的吧？也许是你之前数错了？"

"地砖的数量确实很难控制得这么精准。"他低头沉思了一会儿，"但是，路灯的数量也变了。"

我又迅速记下"路灯数量"这个关键词。通常，病人的幻想越具体，我就越能从事实出发去戳破他的幻想。不过，我倒不是为了纠正他的认知，而是要激活他的特定脑区反应。

"那条路的路灯数量我也数过，一共有 23 根灯柱，每 2 根灯柱之间的距是离 1.5 米。可是，现在，灯柱只有 22 根了，少了 1 根。"他的回忆脑区被激活了，而不是创造与幻想的脑区。他看起来真的在积极仔细地回忆。

"但是路灯照明情况并没有出现明显的变化吧？"我继续问下去，以便于看一下脑波反应的对比，"据我所知，我们的路灯是保证能均匀的照亮街道上的每一寸路面的，对吧？如果少了一盏路灯，照明情况马上就乱套了吧，地面上一定会出现不该出现的阴影。"

"的确，照明情况没有改变。"他的眉头皱得紧紧的，仍是认真的回忆检索，但也不能排除他是在回忆自己的想象。"这只能说明，问题更加严重了，是整个街道被缩短了。少了 5 块砖，还有 1 根灯柱消失了，但是照明情况没变。所以，这座城市的比例没有改变，是城市悄悄缩小了。"

这位病人的想象非常精细，不愧是一位建筑设计师。我一时竟难以找出他的破绽。

"除此之外，还有别的异常吗？"我继续问他。

"还有一种现象。"他仍坐在椅子上没有动，"这种情况比我前面说得还要离谱。"

"没关系，你说。"

"有时候我走在路上，会看到路面上和建筑上出现了非常大的裂缝。这让我走在路上时非常恐惧，好像这座城市快要坍塌了。"

听到"裂缝"二字，我的心沉了一下。

这时，病人的心率、脉搏等其他生理指标眼见变高了。恐怕这才是这位病人的真实病灶，什么数地砖、数灯柱，这类看起来像强迫症的行为，都是并发症罢了。

"什么样的裂缝？"我继续问道。

"很长、很粗，黑黢黢的，让人不敢往下看。地面房子上都有，有好几道。可是我很清楚，"病人继续说着，竟一直保持在回忆状态，"索里城的建筑材料用的是一种高密度纳米材料，根本不可能出现这么大的裂缝。当出现一条能被人看见的裂缝之前，房子肯定早就塌了。那些裂缝使这座城市显得像是一座纸糊的模型。只要随便划拉两刀，就会全部破碎毁灭。"

如果是母亲那个年代的心理咨询，这会儿恐怕得开始问病人的生活状况的细节了。但我不需要。我已经得到了足够诊断的信息。

"我明白了。"我说道，"我会先给你开一周的药，但我真正的建议是，你先去索里星附近的太空中转站待几天。如果在太空中转站看不到裂缝，回到索里城还能看到，你就离开索里星，回地球去吧。"

"为什么？我得了绝症吗？"病人惊慌失措。

"是环境解离症。这是人类移民到索里星后产生的不适反应，因为身边的城市设施都是同时建设好的，每一样生活需求都被仔细地得到满足，没有了地球上的脏乱差，反而让人觉得整洁的索里星城是假的。这是一种新的心理疾病，是人们移民索里星后才出现的。"

"怎么会呢？我到索里星已经二十多年了，我可是第一代索里星居民啊，怎么可能到现在还适应不良呢？"

"就因为你是第一代居民，才有可能得这种病。如果是在索里星出生的后代，就不会得了。"

"那……就再也不可能痊愈了吗？索里星的医疗技术不是很厉害吗？这怎么可能……"

"医疗技术再厉害，也总有攻克不了的疑难杂症。总之，我的建议是，直接回地球吧。虽然药物能暂时缓解你的症状，但万一治不好，可是会死的。"

"会死？"他不可置信地四处张望，可是他看不到我，他只能听见话筒里传出的我的声音。

"嗯。有的病人就是这么死的。"

他的喉结动了动，然后沉下脸，一副可怜的不会反抗的猎物的模样。"我知道了。谢谢医生。再见……"

他从椭圆形场域离开了。我简单补充了一下病例档案，这一天的工作就结束了。我希望这个病人再也不要出现在我面前，就如同我之前遇到的环境解离症患者那样。

四

重大发现。

人类对索里星简直一无所知。这群自诩为宇宙中唯一高等智慧生物的后意识人类，根本不知道自己身处怎样一颗丰盈、深邃、灵性的星球，也不明白自己是卑微、落后、想象力贫瘠的物种。

那晚我回到家，告诉母亲我遇到索里星生物时，母亲像是听见我说的话，又像完全没听见那样，她径自从工作间拿出一个便携式医用大脑扫描仪，对我做了扫描诊断，说我得了青春期精神性抑郁，看见幻觉就是病症之一。然后，她往我背包里塞了一小瓶药，嘱咐我每天要吃 3 次，上学时就在午饭后吃。不过我一出门，就把药片扔进了路边的垃圾桶。

我很清楚邱比不是我的幻觉，但我还是接受了母亲的安排坐在青少年抑郁症团辅教室里，和 12 个头戴心情检测仪的抑郁症患者坐成一圈。因为如此一来，我就不用去那个傻乎乎的后意识课堂了。

"大家好，我是新来的小洛，请大家多多指教。"

12 个笨重的心情检测仪上的波形波动了一下，但依然处于低于正常心情值的深蓝色。抑郁症患者就是这样，总是身处忧郁的蓝色段。即使如此，我也觉得比上课有趣多了，因为那些人的心情值总处于正常的绿色，就像一把椅子一样了无生趣。在这里，我却能感受到一种阴沉的忧愁和肃穆的悲伤。我知道我头顶的波形也是深蓝色的，但我和他们不一样。我只是为了逃课才来这里的。

唯一没戴心情检测仪的人是团辅的咨询师，他微笑着朝我扬了扬手，让我说说来这里的原因。

"因为我遇到一只叫作'邱比'的索里星生物。"

我的话音刚落，这些阴沉的人竟低声发出了怪笑，好像我成了他们中症状最严重、最愚蠢的一个。这就是人类，狭隘、傲慢、无知，尽管索里星上有索里星生物是件多么符合逻辑的事。

"大家不用笑。"咨询师说，"幻觉也是精神性抑郁的一种症状。我们坐在一起，就是为了让彼此更清楚地意识到什么是正常的，什么是不正常的。"

"小洛，你继续说，说说你看到的火星生物长什么样。"

当我描述完邱比的模样后，立马有个带方眼镜的白胖男人反驳我说，"长耳朵，四只爪子，都是地球哺乳动物的特征吧。索里星生物不应该具有和地球生物相同的特征！"

要向这群自以为是的人解释一样他们无法亲眼看见的事物的确很难，但这不代表我就要认同其他人迂腐的看法，对真相视而不见。此刻邱比就乖乖地蹲在我的右边的肩膀上，像一朵没有重量的云。只不过除了我，没人能看见它。

"我就知道你们会这么说。"我强调道，"但它的确就长这样。这就是货真价实的索里星生物！"

面对我的坚定不移，其他人依旧流露出讥笑的神情，咨询师似乎想要缓和气氛，用中性而理性的嗓音问道："那这只索里星生物有没有说，为什么来找你呢？"

"它想和我缔结契约，让我成为魔法少女。"我说。

我的话音刚落，人们脸上暗暗的嘲笑变成了放肆的大笑。咨询师示意大家安静下来，拿出一副专业分析师的架势，说："小洛你看，你想象出来的这种生物一定是你看见过的东西，是你喜欢的东西。这就是人类幻觉的原理，以日常生活中见过的事物为素材。"

"我没有，我根本不喜欢魔法少女！"我辩驳道。

我知道小学时不少女生沉迷于魔法少女的动画片，那都是地球遗留文化，自从九岁那年我来到索里星，就连见也没见过了。伊格子那样的女孩或许喜欢魔法少女，但我绝不是充满粉红色幻想的那种女孩，更不会相信世间有魔法。这也从侧面证明，邱比绝对不是我的幻想！

"有这样的幻想并不丢人，大家给小洛一些鼓励吧。"咨询师扬起双臂，好像自己是一个音乐指挥家似的。

人群中响起了一阵按键声，每个人都按下了电流触发键，这些刺激加在一起，流向我的方向。我感觉一阵激越的喜悦之情，但过了几秒。我猜我帽子上的波形应该暂时升高了一节，但只有几秒，还不如不要有。喜悦过后的突然空落简直让我发疯。我记起来了，我在母亲的材料里见过，这是一种行为疗法，企图通过应激和奖赏的刺激，让人建立新的神经反射，久而久之，人就会产生新的想法。太卑鄙了！我是人又不是动物！我感到整个体系都是对人格的侮辱，我再也无法忍受了，摘下帽子腾的站起来。所有人都吓了一跳，额头前的心情值也一瞬间变成了一条竖线。

"小洛，你不要冲动。"咨询师说道，"要有点耐心。如果你有点耐心，你就会从自己的生活中发现你出现幻觉的真相。你刚才说的，是一个常见的毛绒玩具形象吧。你看，我们组员就有人带。"

咨询师指着其中一个组员挂在椅背上的包，包的主人是个和我一般大的女孩。那是——伊格子。

伊格子发现到我看见了她，狡黠地冲我眨了眨眼。我想起她在数学课上偷笑，就安下心来。我绝对不相信她是一个抑郁症患者。那么她来到这里的原因只有一个，那就是，这个团辅活动的确傻不拉几，就和数学课一样傻。

团辅结束后，我特地慢悠悠地拎着书包，在门口等待着。伊格子果然蹦蹦跳跳跑了过来，我正犹豫着要说什么开场白喊住她，她竟在我面前停了下来，冲着我欢快地说，"我就知道，你早晚也会遇到邱比的。"

我惊讶地睁大了眼睛，但更多的是喜悦。

没错了，伊格子和我一样能看到邱比，也就是能看到索里星生物。这没什么奇怪的，就像数学课上，只有她和我会笑一样。

"走，我们去裂缝吧，"伊格子笑盈盈地对我说，"那里是邱比的家。"

五

"怎么又是环境解离症？"当我走出办公室准备下班时，我的上级询问道。他一定是看到了我刚上传的病人档案。

"嗯，这已经是今年的第三例了。"我回应道。

"环境解离症没什么奇怪的，索里星十二个区域都存在。但奇怪的是，你的环境解离症患者都特别容易脱离治疗，本来也不是什么大不了的病，吃几个疗程的药就好了，他们却都在不久之后回地球去了。"

事实上，那些解离症患者吃完药在病历上成为康复案例后，都因各种各样的事故死掉了。但他们死的时候不被登记为病人，只被登记为众多意外事故中的数据，而留下的病例记录仍是康复。要追踪一个康复病人的后续状况并不难，但我的上级和同事们不关心这些，只有我，在这十年间暗暗追踪了每个病人。

"可能是真的觉得自己很严重吧，认为自己不会好了。"我随便应付着。

"难道，"他的话语微妙地停顿了一下，"你一点儿责任都没有？"

我的上级的确是一个严谨的男人，就如这个星球上所有的后意识人类一样机敏，但弱点也有，就是只要逻辑顺畅就很容易被说服。只在意逻辑的人并不擅长吵架。

"为什么会有我的责任？"我反问道，"我就是看数据分析然后开药而已。难道要我像远古的咨询师那样去耐心劝解病人？"

"这倒也不是。"我的上级嘀咕着，"只不过你的病人脱离率和环境解离症的相关性有些瞩目罢了。"

实际上，我对病人说了比应该说的更多的话。如果我的上级查看病人的全程录像就会发现这一点，但他不会去干这么费劲又低效的事。

我们的办公室位于在这座城市的最高处，仅仅是因为脑波检测仪就安装在这栋楼的屋顶上，而数据传输距离最短的位置自然就是顶层办公室了。

这个覆盖了整座索里城的脑波检测仪的确负担了很大的数据量，能实时监测出分布于城市各个角落的人脑袋里放出的电波，再分成十二个区域计算出平均变化幅度。当某一区域的脑电频率高于或低于正常区间时，就继续细分这个区域，查看细分区域的平均变化值，直到区域小到定位到发生异常波动的源头。一般而言，就是特定的一位病人。有些病人会主动就诊，有些则不会。我就得给不主动的病人打电话，告诉他，作为一个索里星居民有义务及时接受心理治疗。最近的病人越来越少了，或许是因为会生病的人都逐渐被甄选出来了。按照我的上级的说法，索里星上的心理咨询师早晚有一天会失业，但这才是光明的未来。

我不知道这座城市是否会有光明的未来，我只知道这栋楼的通体玻璃电梯每到傍晚都在承受过强的光线，刺眼的太阳光照得我头脑发昏，睁不开眼。在一片眩晕的光线之中，电梯门打开，我看到一大束粉红色的玫瑰。甚至还闻见了花香。

但当我看清玫瑰花束后面站着的博夫时，便断定这是一束假花。

博夫竟朝我单膝跪下，绅士地递上捧花。"我知道你喜欢地球时代的古典主义文化，古典主义的爱情通常都要经历争吵—分手—和好—再争吵—再和好，我们应该还在遵循这个流程吧。上次我不该带你去看后意识主义的话剧，是我考虑不周，抱歉，请接受我诚挚的歉意。"

我接过那束花，心里久违地泛起一股暖意。尽管博夫大多数时候都是一个自我陶醉者，但不得不说，他的头脑总是十分清醒，将各种文化体系拎得非常清楚，只要他愿意，总能说出分寸感和层次感极好的好听话来。除去在搞戏剧文化的人里，我不太可能在索里星再找到一个懂我的人了，哪怕只是形而上层面上的懂。

"我那天的意思是，我们都不是同一种人，在一起长不了的。"我和言善语地解释道，我大概开始心软。

"我知道。"他温文尔雅地说，"但我愿意花时间去了解你，了解你的一切。希望你能给我这个机会。"

我低头将鼻尖埋进花瓣里，深深吸气，香味钻进鼻子，沁入骨髓。我在路边的花坛边坐下，博夫也跟着坐了下来。玫瑰和夕阳，的确很有恋爱的氛围，是我还在地球上时在电视里看到的那种。

我不想辜负这甜美的傍晚，便对博夫说道，"那——你想了解我什么呢？"

"比如说……"博夫顿了顿，说，"你今天工作得如何？还顺利吗？"

我苦笑了一下，刚才好不容易建立起来的粉红色氛围一下子消失不见了。我还是对博夫这个后意识人类的期待过高了。

"你知道，我为什么会成为一名心理咨询师吗？"我重新挑起一个话题。这个话题或许太过沉重不适合约会，但我实在背负它太久了。

博夫憨厚又谦逊地摇摇头，做出准备洗耳恭听的神情，这正是我此时需要的。

"我的母亲就是一名心理咨询师。"我说。

"那算是子承父业，你一定是受你母亲的影响，才喜欢上这个职业的吧。"

"不，我十分厌恶心理咨询，从小就是。"

"那你为什么……"

"因为十三岁那年，我的母亲死了。"

六

如果想进入仙境，首先你需要遇见一只兔子，然后，你需要找到一个兔子洞。

邱比就是那只兔子。而裂缝，就是兔子洞。

对，就是我遇到车祸那天在马路上看到的那条裂缝。因为亲眼看见死亡的阴影，那几天我都避开这个街区，去区图书馆也绕道走。伊格子却带我回到了这里。那条裂缝竟然还在，而且变得更宽了，就那么堂而皇之地出现在马路中央，也没修理工来修。更奇怪的是，所有路人都对它视而不见，也丝毫没有影响交通，车照开、人照走。我很快明白过来，除了我和伊格子，其他人都看不到这道裂缝，就像看不到邱比一样。

伊格子指着黑不见底的裂缝说："下面就是邱比的家。"说完，她伸出腿，一下子迈进了裂缝，仿佛只是迈进一间电话亭。然后，她整个人都不见了。她掉下去了。

我慌张极了，连忙趴在裂缝边往下看。

裂缝下面竟发出一道柔和的光线，我逐渐看清了下面翠绿的草地和茂密的森林，粗大的树干盘根错节，好多只白得发光的邱比站在草地上、树干上，歪着脑袋很。

"洛，快下来，没事的！"伊格子在下面呼唤我，一边招手一边晃动着她的橘色蝴蝶结。

我先让自己坐下来，小心地在裂缝中放入两只脚，然后壮着胆子跳了下去。我轻盈地落在了草地上，仿佛有一只无形的手托着我的肚子。这里比我想象得更加温暖，还伴随着拂面的微风。这难道不是我每每去图书馆，在影像中寻找的地球吗？我的眼睛因感动而变得湿湿的，同时还感到不可思议。

"这就是索里星原本的面目吗？和地球好像。"我问道。

"是，也不是。"一只邱比开口了，我已经不知道这到底是不是最初找我的那一只了。

"这里是你们最想看到的环境。你和伊格子都是思念地球的孩子，所以会看到地球上森林的景象。"

"那你的样子，也是根据我们想看到的变的吗？"

"嗯，是这样。"

这的确解释了邱比长得像地球动物的原因，"那你原本是什么样的呢？"我仍然抑制不住地好奇。

"我们没有原本的样子。一旦你们看见我们，我们就会变成你们想看到的模样。事实上，邱比也不能代表我们，你们所见的森林和草地，全都是我们。只不过为了沟通方便，才幻化成人类熟悉的单只动物的形象。"

"你的身体包括森林和草地？"我继续问，"你们到底是什么生物？碳基还是硅基？"

"哎？"邱比歪着头想了一会儿，"都不是吧，我们是一种没有实体的生物，你们人类的词汇里好像没有对应的词。"

"难道，整个索里星都是人类的幻觉吗？"我实在无法理解。

"不。"邱比回答，"索里星的确存在的。它的确是你们人类的天文资料里那颗天蝎座的红棕色行星，有实实在在的坐标和质量。只是当人类登陆索里星后，看到索里星地表的第一眼，一切就都改变了。这是索里星生物的性质决定的。"

"那索里城呢？难道也是因为人类想看到才变成那样的吗？"我很清楚，也许我的确喜欢过魔法少女，但我绝对不会喜欢这般无趣的城市。

"那是因为，索里星被外来的魔女入侵了，魔女逐渐控制了这里。"

"真的有魔女？到底什么是魔女？"我一直以为邱比说的魔女只是某种象征或比喻。

"洛，你还不明白吗？"从刚才起一直笑嘻嘻地趴在树干上的伊格子说话了，"魔女就是人类和人类所带来的一切呀。人类的到来已经威胁到索里星原住民的生活了，所以邱比才会需要我们，需要魔法少女。"

"准确地说，魔女并不是人类，而是人类带到索里星的一种生物。"

邱比解释说，魔女和他们一样，是没有实体的物种。魔女就寄生在人类身上，与人类的思维活动密切相关，人类却无法察觉它们，因为魔女没有实体，却能快速自我繁殖，还能刻意控制人类，让人类察觉不到它们。魔女是邱比们十分棘手的敌人，如果邱比是具体的，魔女则是抽象的；如果邱比是属于想象的，魔女则是属于逻辑的；如果说邱比是沉于海底的，魔女则是浮于表面的。

这谜语式的描述听得我云里雾里的，还莫名地觉得脊背发凉。"可是，我们又能做什么呢？我们又不是真的魔法少女……"

"不，你们是魔法少女，因为只有你们能看到裂缝，能看到我们。你们是我们的希望。"

"这怎么可能……"我仍无法相信。毕竟我只是一个连数学都及格不了的中学生。

"这是因为，你和我都不是纯正的后意识人类，"伊格子神秘地眨眨眼，"但我们才是真正的人类。"

"所以，愿意和我缔结契约，成为魔法少女吗？"邱比又问出了第一次见面时的问题，郑重其事，"为了回报你们，我可以满足你们每人一个愿望。"

"什么愿望都行吗？"

"在我们的能力范围之内就行……"

可是邱比并不能说清它的能力范围到底是什么，也不能说清我们要如何和魔女战斗。它说，只要我和伊格子继续来这里，早晚会明白它说的能力范围是什么了。

在之后的日子里，我和伊格子一结束心理团辅课就往这里跑，像两个逃学的孩子，带着秘密的喜悦，奔向我们的秘密基地，跳进我们的兔子洞。我讨厌回家见母亲，厌烦母亲喋喋不休的管教，而伊格子的父亲则完全放弃了她。

我多少还算是后天后意识人类，伊格子却是完全没有进化出后意识的地球人类。她之所以来到索里星，是因为和她一起在地球生活的母亲生病去世了。因为她是未成年人，无人照顾，才被特许来到索里星，和父亲一起生活。伊格子转学半年以来，一直以无法适应为理由不交作业，也不参加各种考试。她的父亲早已不对她抱有希望，只是供她吃穿，完成法律意义上的养育任务。伊格子却不以为然，说这样才好，比在地球上自由多了。但她却老和我说起在地球上和小伙伴玩的游戏，无论是跳房子还是抛沙袋，她都是高手中的高手，其他孩子都抢着和她组队玩。

"就你？"我不可置信地看着伊格子瘦小的身板。

"不信？"伊格子眯缝起她的月牙眼，挑衅地看着我。

接下来，我们一遍又一遍地用我们都熟悉的地球游戏一较高下，乐此不疲。裂缝里的空间开始出现变化，增添了彩虹、秋千、和云朵。不过彩虹的七种颜色十分分明，就像是用水彩笔画出来的。云朵很低很低，更像是棉花糖。邱比说，这些新东西同样来自我们的想象，是我们脑中记忆的映射，所以它们可能看起来和原本的环境之间没那么协调。

伊格子对着一片云朵招了招手，它便自己飘了过来。伊格子灵巧地一蹦，便躺进了云朵里。邱比说，这便是魔法少女的能力，操控想象之物的能力，只要我们越来越能熟练运用这种能力，就能对抗魔女了。

"真的吗？"尽管还没搞清楚魔女到底是什么，伊格子和我却信心满满。我们开始认真考虑要许什么愿望。毕竟邱比说过，许愿机会只有一次。

伊格子躺在软乎乎的云朵中，问我打算许什么愿。我坐在秋千上晃荡着，迟疑着说不出口。

"我猜你一定会许愿摆脱妈妈的管教！"伊格子扬扬得意地说道，好像自己是一个猜谜高手。这段时间，我们几乎无话不谈，对彼此的烦恼都十分了解。我已经和母亲冷战一个月了，逃避和她的所有对话，不好好上课，也不写作业，以抑郁症为借口，每天都去心理团辅课教室待着。

"才不是。"我认真地说，"母女关系不过是青春期常见问题之一。随着时间的变化，我会长大，妈妈会变老，她不可能一直管着我，和妈妈的关系总会变好的。青春期问题就该留在青春期，我才不会为了一个迟早会解决的问题浪费一个愿望呢。"

"哈哈哈，没想到你还蛮成熟的嘛！"伊格子调侃我说道。这些日子，我发现伊格子和我最初对她的印象大相径庭，明明带着乖巧的橘红色蝴蝶结，却是一个敏捷又顽皮得不行的孩子。

"你戴这么幼稚的头饰，还好意思评价我呢！"我反呛她说。

"我可不幼稚。"她反驳道，"等到我们成为魔法少女去战斗时，一定还得我来保护你呢！"

"那可说不定！"我说，"所以你想许什么愿望呢？"

伊格子没回答，而是眯缝起眼睛顽皮一笑。我便知道，她肯定又想到了什么鬼主意。

"要不我们玩一个游戏吧。我们把各自的愿望写在纸上，埋在地里，等成为魔法少女后，再一起过来互看对方的愿望，怎么样？"

觉得这个提议很有意思，第二天我便带来纸笔和一个空的饼干盒。可是我却仍然想不好许什么愿。伊格子折起写好的纸条，叫嚷着让我快点，我一紧张，更加写不出了，我索性将空白的纸条扔进了盒子。埋完盒子后，我和伊格子约定了一个成为魔法少女的好日子，打算在那天一起向邱比许愿。

很快便到了约定的日子。那一天，我们一路上又争论起到底谁能保护谁的问题，伊格子比往常更加兴奋，几乎蹦跳了一路。抵达熟悉的裂缝后，伊格子为了展示勇敢，竟做了一个夸张的跳水动作，头朝下跳进了裂缝。我撇撇嘴，在这一点上恐高的我实在无法和伊格子相比。我仍和第一次一样，笨拙地在裂缝边坐下，将脚放进裂缝里试探。就在这时，我听见一声女人的惊叫，是一个熟悉的声音。

我朝声音的方向抬头一看，竟是母亲。母亲兴许是跟踪着我来到这里的。她之前就质问了我许多次，问我每天晚上这么晚回家到底去了哪儿，我都不吭一声，连看也不看她一眼。

此时母亲用惊恐的目光死死盯着地面，好像因为惊讶说不出话来。正当我的脑子飞速旋转想着如何应对母亲时，母亲的右手挪向了自己的脖子，摸向脖子上的气压阀。下一秒，她的身体就裂开了，碎成一堆猩红色的肉。就像我之前见过的车祸那样。紧接着，开过来的两辆车突然刹车，撞在了一起。

一切都发生得十分突然。我的周围很快变得一片混乱，警车、救护车"乌拉乌拉"地响起。

　　我就这样失去了母亲。而那天先跳进裂缝的伊格子，再也没有出来，仿佛凭空蒸发了一般。邱比也全都消失了。

七

　　"很遗憾听到你母亲的事。"博夫一脸真诚的歉意。"明明是一个美好的青春期幻想故事，却以一场意外悲剧结束。"

　　"如果这真是一个单纯的幻想故事，反倒好了。"

　　"怎么说？"

　　"在母亲去世后，我仍然能看到那些裂缝，一直都能。"我用尽可能冷静的口吻说出了深埋在我心中多年的秘密。

　　伊格子失踪后，警察找了她一段时间，但因为她的父亲根本不管，象征性地搜寻了两遍就结束了。我试图告诉别人伊格子发生了什么，但没人相信我说的话。关于邱比、关于裂缝，所有人都认为我在妄想。就和博夫听完后一个反应，一个青春期幻想故事。

　　之后接连好几天，我都呆呆地坐在客厅沙发上，坐在以前母亲等我回家时常坐的位置上。我渐渐地觉得过去一个月和伊格子的冒险都是假的，都是我想象出来的。而这个世界的真相就是贫瘠无聊，我因为无聊和孤独而想象出了那些东西——邱比、裂缝和地下森林。唯一可以提醒我，那些冒险并不是完全没发生过的，就是城市里那些触目惊心的裂缝。

就在母亲在我面前死去之时，原先的那条裂缝消失了，两条新的裂缝在母亲的尸体附近出现了。可是我探头看向任何一条裂缝，里面都只是一片漆黑，森林和草地都不见了。我十分想念伊格子，偶尔在梦里见到她，看到她带着橘色的蝴蝶结在和怪物战斗，像一个真正的魔法少女。城市里的裂缝增多了，我在看到的每一条裂缝旁守候过，都没有伊格子出来的迹象。

我又回想起母亲死前的眼神。那个眼神，明显是看到了裂缝，但她也许还知道一些别的，因为她看到裂缝时，脸上呈现出一种恍然大悟的神情，半张着嘴，仿佛有话要说。而她的死，就更加蹊跷了。我清楚地看到，母亲不是被车撞死的，在车开过来之前，她就用手拧开了自己的气压阀。那是自杀。但母亲没有理由在那种情况下自杀，她的动作更像是身不由己，更像是，被控制了。

稍微冷静下来后，我开始着手整理母亲的遗物。她的书房里有一大堆病人的病历卷宗，全都是用纸质本子写的。即使是在二十年前，索里星上的人也极少使用纸笔手写了，都用电子记录，更何况是数量如此庞大、分门别类的病历档案。我花了好几天时间，一页一页地看这些病例。母亲实在是一位十分敬业的心理咨询师，她对病人的观察细致入微，而且往往会持续观察他们很多年。

在母亲去世前两年里记载的病例中，我发现真的有病人死了，而且不止一个，还都是后天后意识来到索里星的病人。我这才明白，当时与母亲吵架时，母亲说不能成为完全的后意识人类就会死，并不是气话，而是真的。可见母亲当时的压力与焦躁，可我那时只顾着自己，赌气摔门走了。

我又着重看了这三位病人的病例，他们一位死于车祸，一位死于坠楼，一位死于家中火灾。母亲清楚标注了他们死亡的时间、地点和方式。我发现，死于车祸的那位，就是我在路上见到的穿白衬衫的中年男人。巧合也好，注定也罢，这份手稿仿佛有什么魔力，将我牢牢吸入其中。接下来的发现更为令人震惊。

这三位病人有一个共同点，他们都在死前看到过索里城里的裂缝。然后，他们都在看到裂缝后的两个月内意外去世了。

对于这种现象，母亲在手稿中写道：

"这绝不是巧合。

如此熟悉的逼迫感和隐秘的控制感，我很确定，就是它们。它们没有眼睛、没有嘴巴，它们是群居动物，总是集体行动。它们本质上就像基因，每一个都由属于它的特定词汇组成，就像不同的基因由特定的核苷酸序列构成一样。它们的繁殖本能也和基因一样，为的是尽可能多地留下自己的拷贝，扩大自己的种群。而人类的意识就是他们的载体，人类之间的语言沟通，就是他们的传播途径。它们的繁荣促进了人类科技文化的繁荣，但它们也一直在暗中蚕食着人类的精神。它们排斥异己，挑选出诚服于自己的人类，美其名曰进化。它们还给自己取了一个新的名字：后意识。

我一直提防着它们，使用纸质本子就是为了尽可能多地留下思考的痕迹。裂缝意味着意识的裂痕，是从后意识滑入潜意识的入口，是在索里星上发现它们的关键突破点。所以看到裂缝的人对它们而言是危险的，他们会很快着操控这些人死去。我必须尽快让小洛成为完全的后意识人类，绝不能让她走到看到裂缝的那一步。"

我捏着母亲的手稿，浑身发抖。是我辜负了母亲的苦心，可现在已经没有机会弥补了。只有眼泪不争气地滚落下来。

母亲似乎从在地球上时就开始追踪"后意识"的缘起了。或许是因为母亲知道的太多了，当她看到裂缝时，死亡的速度简直像一次灭口。这就是邱比所说的，魔女对人类的控制吗…残酷、冷血，隐秘而凶狠。

我也终于破解了邱比的谜语——

如果说邱比是具体的，魔女则是抽象的；如果说邱比是属于想象的，魔女则是属于逻辑的；如果说邱比是沉于海底的，魔女则是浮于表面的。

如果魔女是后意识，那么，邱比就是潜意识。

"有趣啊，两者都是意识体生物。"博夫听我说完，半张着嘴，露出一副木讷的吃惊表情。他平时的表情很少。我不知道他这别扭的表情是为了配合地球古典主义，还是在思揣我说的话的真实性。

"可是，如果说看到裂缝的人都很快会死，为什么你一直活着？"博夫问。

"这确实是个疑点，我到现在也没弄明白。"

自从看了母亲的手稿，我一直担心自己也会很快死去。我在惴惴不安中度过了小半年，始终没有发生任何意外。为了弄清楚这到底是怎么回事，或者说为了防止我自己死掉，我决心成为一名心理咨询师。在我正式成为心理咨询师后，又陆续遇到了一些能看到裂缝的病人。这些病人，被一种叫作环境解离症的新型心理病所概括，他们吃了药后似乎痊愈了，但过了半年左右还是意外去世了。死法和过去那些人如出一辙，只是死亡时间往后延了许多，这或许是"后意识"掩人耳目的方法。它们的方法竟然也在改进。这些年来，我努力研读更多的心理学书籍，用有限的病人做了一些实验，却始终没法让他们改变走向死亡的结局。后来只要我碰上环境解离症患者，就说服他们离开索里星，回地球去。这是我知道的，唯一能保住他们性命的办法了。

"我太没用了。除了让他们回地球，什么也做不了。"

"你太苛责自己啦。如果'后意识'真的有那么厉害，又怎么是你一个人能解决的呢？"

"除了环境解离症患者的死亡问题，还有一个问题也让我一直十分困惑。"

"什么问题呢？"

"不管是'后意识'还是'潜意识'，都依附于人类的头脑存在，本质上是一种寄生生物。可为何邱比说它们是索里星的原住民呢？在人类到来之前，它们依附什么而存在呢？"

博夫的眼睛放光，似乎对这个问题很感兴趣，"是否可以让我看看你妈妈留下的手稿？也许我能助你一臂之力解开谜题呢。"

我没有太多犹豫，答应了他。这些年来，我一直一个人苦苦煎熬，从未和别人说过这么多。博夫的耐心与支持，让我觉得向别人求助未必是一件糟糕的事。

我带博夫回了家，从一大堆旧书中找出了那五本已经被我翻烂的母亲的手稿。然而，当我将手稿递到博夫手里的那一瞬间，他的神色突然大变。

"这么一大份手写稿，实在太危险了。我代表文化管理局没收了。"他的脸上半分感情也没有了，而呈现出一种完成任务后的轻松，像变成了一个陌生人。

他的转变令我猝不及防，"你……你这是什么意思？"

"这是我在文化管理局的工作，你不知道吗？我的工作就是寻找和摧毁可能危害后意识时代文化根基的东西。"他轻松地微笑着，"谢谢配合，再见。"

一时间，我的脑袋轰鸣。我知道"后意识"会抹杀能看到裂缝的人，但我没想到，它们还能如此精细地操纵人类，通过整个社会的组织形态！

"你不能拿走，那是母亲的东西！"我伸出手，奋力去夺博夫手中母亲的手稿，我和博夫之间的距离却突然拉长了，我扑了个空，整个人向前扑倒在地。

这是怎么回事？我环顾四周，发现整个房间的空间比原来扩大了一倍，而且还在成比例地继续扩大。而博夫已经快走到门口了！我从地上爬起来，奋力朝他跑去，却每一脚都像踩在不断波动的柔软地毯上，毫无实感。我明明跨出了一大步，却仍停留在原地，好像泳池中一个不会游泳的人。

博夫已经打开了门，他一手扶着门把手，一手举着母亲的手稿，转头朝我笑了笑："最后一个搜寻任务已完成，这座城市将会迎来崭新的变化。你应该庆幸，你将目睹这个时代的伟大。"

我连滚带爬地追到门边，门外的街景却完全变了模样。

原本排列在街道两侧的正方形居民楼被连根拔起，堆叠在一起，仿佛盘子里的方糖；窗玻璃被密密麻麻贴在马路上，晃得人睁不开眼；屋舍、路灯、地砖，都毫无规则地飘浮在空中，轻得像玩具积木。

这座城市，在重组。

那位建筑师病人说得对，这座索里城是假的。

我匍匐在地，不可置信地盯着眼前不断变换的景象，浑身颤抖。一切熟悉的东西都在崩坏，唯一没变的是那些黑不见底的裂缝，它们仍在路面上、墙体上，自顾自地张着巨大的口子，越发衬出这座城市的荒诞。伴随着一声巨响，街尽头巨大的圆柱体图书馆被放倒在地，沿着玻璃路面"轰隆隆"地朝我滚来。而我几乎没有力气站起来。

我翻了两个身，直接滚进了离我最近的一道裂缝里。

八

好黑。

经过死亡般的黑暗之后，我落在一片柔软又富有弹性的地表上。我的手脚都被黏稠的、触手般的东西缠住，吓得我一阵乱踢乱扯。

适应了黑暗后，我看清缠绕着我的是一些纤维状的粗细不一的线条，质地光滑，泛白，黏稠温暖，但并不具有主动攻击性，像某种安静的植物。我放眼望去，这种杂乱无章的纤维几乎覆盖了全部地面，偶尔有蓝色的电光在纤维中一掠而过，照亮一小方空间。我发现有些地方的纤维明显更少，使地面凹陷下去，形成了一道道沟壑。

勾回？我突然意识到，这个地表与大脑表面的勾回几乎一模一样。

而那些闪着电光的纤维，也和神经元纤维十分相似。那些神经纤维束大多乱糟糟地团成一团，有些集结成一束，直愣愣地竖在地上，像一根枯掉的树干。偶尔闪过的电光也如鬼魅一般阴森可怖。

我想起十三岁时，在这里看到的森林与草地，悲伤之感油然而生。为什么现在这里变得如此荒凉、可怖？难道说，过去看到的森林草地，全都来自伊格子丰沛有力的想象，和我压根就没关系？伊格子笑嘻嘻的脸庞和她头上橘色蝴蝶结清晰地浮现在我眼前，我的眼泪一下子涌了出来。

伊格子，你在哪儿？我想念你。

这些年独自背负的秘密和孤独让我喘不过气来。可是到头来，我还是什么都做不了，只能像一个废人一样，颓然地坐在地上。

一只小小的邱比不知何时浮现在我眼前。它幼小的身体散发着神圣的莹白的光，仿佛来自天堂。

"不要哭。这不是你的错。"它的话温柔极了，仿佛知道我脑中在想什么，才特地跑出来安慰我。

"邱比？你还在？太好了……为什么这里变成这样了，为什么这些年连你们再也没出现过？我一个人，实在太寂寞了。"我伸出手臂，想拥抱小邱比，仿佛想抓住最后一根稻草。但它的身体像雾一样散开了，我只拥抱到一片虚空。

"抱歉。"小邱比说，"因为这些年魔女的势力实在太过庞大了，侵占了几乎所有的生存空间，我们种群的活动范围越来越小，现在大概只剩下我这一只邱比了。所以你也无法看到你喜欢的森林与草地了，抱歉……"

我摇摇头，表示我没事，然后一个想法猛然出现在我脑中，我问小邱比："难道说，现在这个荒凉的地表才是索里星的本来面目？"

"可以这么说吧。这个地表是我们的根基，就像泥土之于地球植物一样。可是，魔女也把这里当成了它们的根基……它们抢占了原本属于我们的领地，我的种群死了一大片……"

"所以你们的生存根基，是大脑……？"

我终于明白了。整颗索里星，就是一颗硕大无比的大脑。这是邱比这样的意识体生物存在于此的原因，也是"后意识"随人类登陆索里星后疯狂扩张的原因。"后意识"本寄生于人脑，依靠人类的交流活动繁衍和施展自己，现在它们来到一颗全是大脑组织的星球上，又何必再依附于微小的人脑呢？索里星上的每一根神经纤维就像一片计算机的芯片，支撑出一片数据空间。"后意识"原本就拥有人类的全部词汇、概念和数值。现在它们得以脱离人类，仅靠自己就能构建出整座城市，就像在计算机上用代码画出点线面，再慢慢构建出以假乱真的具体世界。这座原本由人类建设的索里城，早已在不知不觉中被一点一点替换成了由"后意识"构建出的信息城市。它的呈现方式本质上是数字的、虚拟的。但在这颗星球上，它就是全部的真实。

"我明白了。我全都明白了。"我哈哈大笑，随即又悲伤起来。我明白了又有什么用呢，后意识已经占领了这颗星球，还大张旗鼓地建设起自己的城市。刚才向我滚来的图书馆，是来杀死我的。这座城市想要杀死我。

"一切都晚了。"我蜷成一团，因绝望而瑟瑟发抖，"我们最终都会死在这里。"

"不要放弃希望啊。"小邱比说道，"不到最后一刻，就还有希望。现在你是唯一一个拥有魔法少女资质的人了，你愿意与我缔结契约，成为魔法少女吗？"

酸涩的眼泪流进我的嘴巴里，我苦笑道："你还指望我一个人帮你赶走魔女吗？我现在还能做什么呢？只要我一上去，这座城市就会杀死我……"

小邱比摇摇头，"不是的。我的种族几乎覆灭。但你还活着，你或许可以依靠魔法少女的力量逃离索里星。"

我顿时羞愧极了，十指用力抓着自己的膝盖，"我做不到，我什么都做不到……"一个无能的我，连直面死亡的勇气也没有，只配在这漆黑的地下卑微地死去，凭什么独自苟活……

"好吧。"小邱比流露出失望，"有一个小礼物，是伊格子留给你的。无论如何也请你看一眼吧。"

我艰难地将自己从地上扯起来，跟着小邱比来到一根粗大的纤维束旁边。

小邱比指着它贴近地面的根部，说道："那天你没有下来，原本的那道裂缝却突然关闭了，不知道出了什么事。伊格子怕你出事，就先找我许了愿，成为魔法少女。"

原来伊格子早就成为魔法少女了。十三岁，是成为魔法少女的最佳年龄。我欣慰地笑起来，这是我临死前听到唯一的好消息了。

"那她后来怎么样了？"我急切地问小邱比。

"她在和魔女战斗的过程中牺牲了。"我刚刚燃起的希望又被浇灭了。但也不算太出乎意料。如果伊格子没有死，她一定会来找我的。

我拨开底部的纤维团，看到了十三岁时我和伊格子埋在树下的那个盒子。我们曾经约好，在成为魔法少女后要一起来互看对方的愿望。

我小心地打开盒子，其中一张是我糊弄她放进去的白纸；而另一张折好的，则是伊格子的愿望。

我摊开属于伊格子的那张陈旧泛黄的纸，上面写着："我的愿望是，一直保护洛。我说到做到咯。"

眼泪与笑容一齐淹没了我。伊格子这个家伙，怎么许愿还尽想着赢我一头呢。

"她确实做到了。"小邱比又仿佛洞穿了我的想法，"伊格子死后，也一直在你的梦境中守护着你，为你驱走噩梦。"

惊讶使我一时忘记了悲伤。原来，伊格子一直和我在一起。

我仿佛看到了那个扎着橘色蝴蝶结的少女，在我的脑海中东奔西跑，为我驱赶入侵之物。邱比的能力范围是潜意识，伊格子一定是化为了我潜意识中的防御卫士。这就是我一直能看见裂缝，却一直没被"后意识"操控杀死的原因吧。

手中的纸条很快被眼泪打湿。我怎么可以辜负伊格子的守护呢？

"邱比。"我深吸了一口气，让自己冷静下来，"我愿意和你缔结契约，成为魔法少女。"

小邱比的眼中露出喜悦，周身的白更加耀眼了，仿佛要用这光亮吞噬掉全部的黑暗。

"请许愿吧，魔法少女。"

"我的愿望是，和伊格子一起逃出索里星。"

九

一个不算重大的发现——成为魔法少女不一定会变身，但一定会被追杀。

我一回到地面上，所有的地砖都从地面脱落，悬浮在空中，一起向我袭来。我拼命向前奔跑，像身陷一个被怪物追赶的噩梦。可惜这一切都不是梦。索里城仍然处于重组变化之中，到处一片混乱。广播的声音从四面八方传来：

"感谢每一位后意识人类的努力与奉献，我们的后意识时代即将进入前所未有的新纪元。在新纪元，人类将摆脱肉体的桎梏，获得永恒的生命和彻底的自由；思想将不再受任何物质条件的约束，超越时间与空间，从各个维度上自由发展，欣欣向荣。索里星将成为真正的文化之都。进入盛世唯一的前提是，放弃你的身躯，投入后意识共享圈，融入集体意识。相信这不是什么难以抉择的事。请大家铭记这一伟大的时刻——一个理想盛世的诞生。"

好一个理想盛世。我看到博夫熟悉的背影走在玻璃路面上，他的身体却突然变成了两个，一个躺倒在地上，一动不动像一具尸体；另一个继续向前行走。我以为我眼花了，街上的其他人也接二连三地变成两个，一个倒下；另一个继续走。

我知道了。"后意识"既然能自己制造城市，显然也能复制人类躯体。毕竟它们已经不需要真正的人类大脑了。

这些复制出的人类躯体一个个行尸走肉般向我走来。与此同时，路灯、屋顶、栅栏也朝我涌来，纷纷拿尖锐的一端对着我。这座后意识城市要杀死我，因为我是这里唯一的异类。

这可比噩梦可怕多了，但我不能停下。

"飞船。"

我使用魔法少女的能力，变出一艘想象中的飞船。在所有利刃刺到我之前，我驾驶着想象的飞船，朝土黄色的天际线飞去。我的目标是索里星上空的太空中转站。

"想象之物一旦离开索里星的大气就会消失的。"小邱比站在我的肩膀上，提醒我道。它真是一只尽职又可爱的魔法少女宠物。

"我知道，放心，我们都会活着的。"

在飞船冲出索里星大气的一刹那，飞船船体便开始分解。我在逐渐消失的座椅上站起来，用力一蹬，朝着太空站一跃而起。视野中，白色的椭圆形太空站越来越大，逐渐能看清上面衔接的缝隙和凸出的栏杆。我伸出手，在冲力消失之前抓到了太空城下方最末端的一根栏杆。

我悬浮于黑暗的虚空之中，满头是汗，剧烈地喘气。汗水模糊了我的眼睛，周围星星的光芒也跟着模糊了，随着我的喘息一起一伏，仿佛在呼吸。

我回过头，最后看了一眼索里星。因为离开了索里星的大气，上面的城市完全看不见了。索里星恢复成了一颗朴实的红棕色星球，散发出暗淡的红光，也随着我的喘息一起一伏。

那是一颗，正在呼吸的大脑。

我欣慰一笑。

伊格子，我们逃出索里星了。

绿　星

一

到底是从什么时候开始，我觉得自己再也无法与世界建立联系了？大概是某天同事聚餐时，部门经理讲了个笑话，我们一边吃，一边哈哈大笑起来。经理、经理助理、小王、小林、前男友小余，每个人都笑得快流出眼泪来。我笑着笑着，突然感到一种空虚，不知道自己在笑什么。那一秒，世界在哈哈大笑中静止了，我像一只飘走的氢气球，离这个世界越来越远。

回到家，合租室友正在卫生间洗衣服，与我友好得相视一笑，说了句"回来了呀"。我报以微笑，说了句"洗衣服呢"。话音一落，两人在一瞬间都恢复了冷漠。

我回到自己的卧室，关上门，想好好休息一下。但我迟迟不能进入床的舒适感中，也不能在桌子前安静安坐上一小时。家中的每一件家具、茶杯、枕头，都与我毫不相关，就像外出旅行待在一个完全陌生的地方。

我拘谨的躺在床上，心想，"这是怎么一回事？"恐慌在我心里蔓延，我翻了一圈手机通信录，最后还是点开了前男友小余的微信。

"在吗？"

过了一会儿他冷冷地回了一句："什么事？"

"我感觉自己和所有东西都隔着一层，像被包在塑料袋里。"

"分手总会有一段难过的时期，实在不行去看心理医生吧。"

我把手机举在脸上方，愣愣地看着屏幕。

"没什么事还是不要再联系了，我有女朋友了。"

手机砸在了脸上，疼痛感也假假的。我与世界建立联系的最后一个尝试也失败了。

二

或许我真的病得不轻，竟报了一个社交障碍的团体心理辅导，和其他十一个认为自己有问题的人围坐成一圈。

"大家好，我是新加入的小贾，还请多多指教。"

黑压压的一圈人没有任何反应，只有一个人的身体不明显地颤了一颤，并迅速低下头去。那身影我太熟悉了，不用看脸我也知道，那是小余。

接下来，咨询师让我们轮流述说自己的感受。每个人都自说自话似得，像分别装在青蛙卵里，小余也不另外。但我还是尽可能认真地听他说话。

"好像不管是和谁，父母也好、同事也好、女友也好，都无法体会或分享相互间的心情了。"小余说。他跟我提分手时，倒也说过类似的话，说无法再和我共情，没有心与心的联结了。

接下来是一个眼镜片像啤酒盖一样的男孩。他用食指颠了颠沉重的鼻架，说道：

"大家有没有觉得，我们团辅的人越来越多了，有社交障碍的人在变多？"

几个人木偶般地点点头。

"其实社交障碍是一种假象，实际上是外星人向地球发射的一种射线，正在慢慢摧毁人与人之间的联结能力。"

我吃了一惊，但其他人都显得很淡定。咨询师说道："小日，你还是和刚来的时候一样。可以尝试着放下你的观点，敞开心扉去听听其他人的想法吗？"

"我听了，我听得越多，就越觉得我是对的。"

咨询师不悦地说："也许你爸妈不该送你来这儿，我会建议他们带你去精神科看一下的。现在请下一位成员讲述。"

名叫小日的男孩并没有气馁，不动声色地向上推了推眼镜。

三

团辅中场休息时，小余站在走廊上抽烟。见我走过来，就背过身去，想假装没看见我。但我没有放过他，直截了当地问道：

"和你的新女朋友怎样了？"

他见躲不过，便说："还行。"

"那你来这儿干吗？"

他被我呛到，没有吭声。

啤酒瓶眼镜男孩走过来，对我说：

"愿意和我成为同盟吗？一起抵抗外星人分化地球的计划。"

"为什么要加入你呢？"

"根据我的调查，外星人企图用射线摧毁人与人之间的联结能力，就是害怕这种联结能力，所以我们应该加强联结，结成同盟。"

小余说了一句："别理他，每次来新人他都要贩卖他的理论。"

我抬杠道："不是挺有意思的吗，搞不好你跟我分手，也是外星人的缘故呢。"

"你是第一个没有一次否定我的人，谢谢。所谓同盟，要真正相信共同的信念。如果你不真心认同我，我是不会强求你加盟的。"男孩推了推眼镜，"那么我来正式介绍下自己。我是科学院天文系的博士，研究天体行星。"

"你？博士？你也就十八九岁吧？"我诧异道。

"是的，我是中科院天文系最年轻的博士。我研究外星射线的问题已经好一阵子了，我的父母和老师都认为我疯了，但我的研究是有理有据的。根据我的调研，每个月月亮最暗的夜里，东南角会出现一颗绿色的星星，这颗星星从没有被观测到，也不一定是真的行星，也有可能是UFO^①，只有每月月亮最暗的一天会出现，但自从发现了它，我已经连续观测到它5次，5个月里每月一次。根据我的预测，后天晚上它会第六次出现。如果你感兴趣的话，可以跟我一起去观测，这样你才会完全相信我的话。"

我爽快地应道："好，我跟你去。"

小余说："那我也去吧。"

我有点惊讶："你难道是不放心我？"

"别误会，"他冷冷地说，"我只是好奇，想亲自验证一下。"

四

到了那天夜晚，小日扛着望远镜，带我们去爬城郊的一座小山。那是一个晴朗的夜晚，山顶的空气异常清凉，天上没有月亮，云层中却泛着一种透气的淡蓝色，有几颗不太亮的星星点缀其间。

"这里就是最佳的观测点。"小日在空地上支起望远镜。

"那颗星星什么时候出现？"小余问。

---

① 一般指不明飞行物。

"这我就不能预测了，只能等。"

小日将镜头冲向天空的东南角，一只啤酒瓶底眼镜瞄着镜头，仔细调试。

"天气真好，"我说，"早知道带个帐篷来露营了。"

"我们有可能跟着一个疯小孩在瞎搞，亏你还这么轻松。"

"来都来了。"我说，"你不也很喜欢露营吗？以前总去爬山露营。"

"可惜你不喜欢户外运动，一次都没跟我去过。"小余脸上流露出一丝惋惜。

"你是因为这个才跟我分手吗？"我问。

"不是。"

"那为什么要分手？"

"我说过了。"

"因为感觉不到和我的联结了？"我问，"如果这是外星人造成的，你还会跟我分手吗？"

"都无所谓了吧，我现在和任何人都感觉不到联结，你不也一样。无论谁跟谁在一起都无所谓吧。小日，你说是吗？"

"理论上说，是这样，"小日还在调望远镜，"如果人类的联结能力继续弱化，家人也好、恋人也好，在一起都是没有意义的，因为人类会变成彻底的独行动物。"

小日说得对，失去联结能力后，我对分手这件事的感觉其实相当麻木，既不难过也不可惜，只是理智上有点儿不甘，总想问出个所以然来。或许是因为被分手的是我吧。现在和小余坐在山坡的草地上，状态和分手前那一阵子很像，平淡的、空乏的。

"我好像想不起以前和你相互喜欢的时候是什么样了。"我说。

"我也是，很遥远了。"

"有段时间因为可以从早到晚看到你，觉得很幸福，后来就有点腻歪了。但还是喜欢在同事面前秀秀恩爱，别人羡慕的时候就会觉得幸福。"说这话时，我有一种奇怪的错位感，好像曾经这么做的，有这么多小心思的女孩不是我，而是别人。

"是吗？我记得早上一起在家吃早餐时的感觉很好，可惜后来你不做早餐了。"

我僵硬地笑了笑，"以前怎么没听你说过，我还以为你不太喜欢我煮的粥呢。"

小日突然喊起来："来了！"

我望向望远镜对着的方向，那里有一颗比其他星星更暗的星，发着淡绿色的微光。一道不明显的光束从那颗星星射出来，像一道快消失的飞机云。

"望远镜里能看清楚形状。"小日说。我们轮流透过望远镜观看，很难说清它到底是什么东西，那发出幽幽绿光的物体是菱形的，像纸片一样单薄，怎么看都不自然。

我看着那颗星星，心里的孤立感又增加了一分，觉得自己也快薄成一片了。

小余显然很震惊，他半张着嘴，右手甚至抓住了我的手腕。

天亮后，我们往山下走，一路上都没说话，仿佛心事重重。这份沉重和神秘横亘在我和小余之间，我有了一种与他之间很久都没有过的连接感。

"现在你们相信我说的了吧？"

"是看见了，但它怎么能影响人类的联结能力的呢？"我问。

"我估计是通过抑制催产素的产生，降低了人体重催产素的水平。"

"催产素？"

"嗯。催产素是人和人之间对视或交流时产生的，会让人感到愉悦和幸福，从而加强联结。"

"那我们要怎么办？"

"我的想法是先成立联盟，然后扩大，提高影响力，增强公众对这件事的认识。因为外星人最害怕的就是人类的联结，所以我们要尽快制造足够强的联结。"

"好，我加入。"小余眼神坚定地说道。

"我也加入。"

五

那天之后，小余和他的新女友也分手了，虽然他没有和我复合，但我们之间的联系比以前多了些，我偶尔会给他发一条"今天月亮真好！"这样的信息。他则回我"是啊！"。毕竟一起见证了如此怪异的绿星星，拥有共同秘密的人很难关系不变近。小日成立联盟的思路是对的。

下一周团辅的时候，又来了一个新成员，竟是公司的同事小王。他看到我们俩也在这儿坐着，非常尴尬和别扭，就像小余刚看见我时一样。

我微笑了一下，说道："经理的笑话一点都不好笑吧？"

他愣了一秒，说："是啊。"然后我、小王、小余，三人一起大笑起来。

我们带着小王一起看了绿星星的第七次出现，小王在震惊之余，也加入了联盟。我们几个又分别游说了更多团辅的成员，都说是可以亲眼验证的，然后带他们去看绿星。所有看过绿星的人都加入了，很快我们的联盟成员就达到了一百多人。

每个绿星出现的夜晚，我们手拉手坐在山坡的草地上，一起仰望绿星，感受心底的那一份薄凉与宁静，期待更加紧密的联结。

在一次 529 人的集体观测绿星后，我们的联盟终于引起了公众的注意，政府和科研机构都投入了对绿星的研究，小日作为最早发现绿星的人成了绿星科研组的负责人。在官方正式发布承认绿星的存在及射线分化人类计划后，公众、媒体呈现出极其充沛的感情，明星、歌手，各界公众人士，都声泪俱下地号召人类的联结，一起抵御外星人对地球的分化。

尽管如此，日常生活中的无联系感如故，只有每月一次的观测仪式让我感受到自己与他人的联系，我变得非常依赖绿星仪式，大概很多人，也和我一样吧。每月一次的绿星观测，成了全人类的仪式。人们成群地站在山坡上、街道上、楼顶上，相识或不相识的人都挽着手，一起抬头仰望，一颗颗无助的心，都在此刻得到了抚慰，每一个孤立的灵魂，都在此时获得了温暖。

六

仪式持续了两年之久，人类已经习惯了绿星及绿星仪式的存在。有些人甚至忘了绿星原本是企图分化地球人的邪恶外星星体，崇拜起绿星来，还成立了绿星教派，由此衍生出一堆教义和花样繁多的聚会。

有一天，小日告诉我说，他们组的科学家已经找到了摧毁绿星的办法，不久之后就会实施，人类再也不用忍受绿星射线之苦了。

我的第一个反应竟然是不舍，"那，以后还会有绿星观测仪式吗？"

"就不需要了吧。"小日说。

不知为何，我首先感到的是焦虑。我向小余说了我的感受，说了我对绿星仪式的依赖。他说：

"不要担心，等绿星炸毁了，人类的联结能力恢复了，联结会变成一件自然而然的事，就不需要靠仪式来联结了。"

"那，我们会复合吗？"我问。

小余低头沉思了一会儿，"有可能。"

他的话让我安定了下来。

过了几天，官方正式公布了绿线轰炸计划，轰炸将于一周后绿星出现的夜晚执行。公众又骚乱起来，有人欢呼，觉得胜利在望，更多的人跟我之前一样焦虑不安，最不开心的是绿星教的人，他们组织了反对轰炸绿星的游行，支持轰炸的人则鄙夷他们，双方吵成了一团。

轰炸的日期终于到来。那一天，所有电视频道从早上就开始直播绿星轰炸基地的情况。无论大人、小孩，还是老人，都聚精会神地盯着电视。我看到小日在电视上出现好几次，面带拘谨的微笑向人们介绍，说这次轰炸使用的氢气导弹速度可达到 3 倍光速，能在 1 小时内抵达绿星，他们已经准确预测出绿星将于凌晨 12 点 15 分出现。一旦它出现，就会发射导弹。

时间到了，毫无意外的，所有人都涌到了房子外面，最后一次仰望绿星。我和小余以及最早的一批联盟成员也聚集在山坡上，彼此紧紧地拉着手。城市西北边的基地震颤了一下，散发出冲天的火花。一颗橄榄状的导弹飞出地面，像流星一样拖着长长的尾光飞向太空。

这次的仰望长达 1 小时。1 点 15 分，绿光爆发出一片巨大的绿光，因为遥远，没有半点声响，像湖水荡开的波纹。绿光扩散到四周的云中，将云朵也照绿了。人们被这神迹般的光景惊呆了，然而这是神迹的毁灭。不少人失声痛哭，人群中发出一阵低低的哀号声。我的眼泪也不可遏制地顺着脸颊流下来，心里好像有什么东西消失了，又有什么东西回来了。是人的气息，小余温润的手心，潮热的呼吸，人们眼中的泪水，都变得真切起来。这是这两年中我不曾体会过的。

我想起了昔日对小余的爱，像一股暖流。我看向小余，他的脸上也有了泪痕。目光相触的瞬间，我们又尴尬地各自转过头去。

"我们复合了吗？"我问小余。

他沉默了许久，说了一句："对不起。"

"我想，我们的分手和绿星没有关系。"他松开我的手，独自朝山下走去，再也没有回头。

原来，不爱，就是不爱了。一种酸胀的哀愁填满了我的胸腔，那是久违的孤独。

七

绿星消失之后，很多人说体会到难以忍受的孤独，进行心理咨询的人数一时间暴增。

小日却和原来一样理性而淡然，每日忙于科研事业。我对小日说，我彻底失恋了。他明明一副孩子样，却极为成熟地说，"即使人类拥有联结能力，也会在某些时候主动选择放弃联结。"

我问他，为什么那么多人都被孤独折磨，他却完全没有受影响？

他回答道，"因为我有真正的社交障碍，从小就情感淡漠，只依靠理性行事。"

我说，"真好，我都羡慕你了，我甚至有点怀念有绿星时候的麻木感了。"小日却说，"孤独是联结的一部分，只有当感到孤独时，人类才会寻求联结。孤独是存在必须面临的课题，因为它是联结的代价。"

替　囊

一

拨开绿色的迷雾，我发现自己站在一条熟悉的小街上。路面是湿漉漉的灰色，两元店乏味的叫卖声缠绕在低矮的灯柱上，沿街店铺杂乱无章的招牌被刚亮起来的路灯照得一片惨白。

"我在这儿做什么？"对了，我要回家，这是放学回家的路。爸爸说过放学了就要马上回家。

西山连绵的轮廓映在西方的天际线上，与东边的江水一起，将这条小街夹得又细又长，仿佛没有尽头。我走了很久，却总也走不到家。两元店，服装店，金饰店，金饰店门口算命的小摊和摊位上昏昏欲睡的老奶奶，然后是一个鞋店，再是眼镜店……这些街景不断重复，重复，好像全世界只剩下这条街了。天光一点点消失，江风变得愈发寒冷，西山上影影绰绰的密林在暗影里摇曳，阴森鬼魅。一切熟悉的都变得陌生，一切温柔的都变得狰狞。为了避免看见那些可怖的黑影，我开始低头数人行道上的地砖，让自己每一步刚好跨过四块砖。

"千千。"

有人喊了一声我的小名，好像是妈妈的声音。我抬起头，四处张望。忽然，原本用后脑勺对着我的路人全都回过头来盯着我。他们面目模糊，没有表情，他们——都不是真正的人……

我在惊吓中醒来，盯着昏暗的天花板直冒冷汗。

"又做那个噩梦了？"身边的梁久伸过来一只手，抚摸我发冷的脸庞。我长长地吸气、呼气，等待这熟悉的恐惧平复下去。

"非要回去吗？"我问。

"我们都要结婚了，总得见见你爸妈吧。"

"我都八年没回去了。"

"那不正好吗，正好回去看看。"

"万一，你去了后，发现我家比你想象得还糟，你会不会离开我？"

梁久笑了，"还有比和你分开更糟的事吗？"

我们在一起的这两年里，他的笑容无数次安慰了我，这次我却疑虑重重。可我不想让他失望，我回应了他一个笑脸，就像每次一样。

二

一到江山的火车站，久违的潮湿空气便覆盖了我的脸，身边充斥着乡音，一句普通话也听不见了。

"你们这儿的方言很好听呀，就是一点都听不懂，像到了另一个国家。"

梁久对一切都感到既新奇又欣喜，在他耳中温润婉转的方言，在我耳中却因过于熟稔而充满侵犯感，不由分说地将我拽入了那个古老的、沉静的、又密不透风的世界。

"南方方言嘛，你们北方人听不懂很正常。"

事实上，这里和周围五个兄弟城市的方言都完全不同，相互间也听不懂。即使是这座小城周边的乡村，每隔几个山头，方言也有些微小的差异。据说战乱时期，有一个叫作闫松的江山人成为特务头子后，拉了一波同乡加入特务机构，便用这种方言作为秘密沟通的方式。得知闫松这个历史人物是我们这儿的人，梁久很兴奋，嚷着一定要去看看闫松的故居。

因为城市狭长，我们出站后没走两步，就到了江滨。江堤的路面已经修的十分工整了，不似以前那么坑坑洼洼了。人们一如既往，喜欢在晚饭后来这一带散步。三三两两的路人闲步走着，再配以成荫的绿树，幽深的小径，看着十分符合一座小城市该有的安宁与平和。但我心里清楚，它并不像它表面上那么简单。

迎面走来三个路人，其中一男一女看起来是夫妻，另一个男人跟在两人身后，手里拎着大包小包，似乎从超市购物归来。仔细瞧，你会发现，这个木讷的仆人般的男人，和前面的丈夫长得一模一样。这对夫妻遇到了一个熟人，他们热络得打招呼、聊家常，那个仆人似的男人就在一旁看着，不参与话题，也没人和他说话。

"这两人是双胞胎？"梁久新奇地问道。

"不是。"

这座小城，果然还是老样子。我有点后悔带梁久来了。

"等会儿要是遇到熟人打招呼，你先不要急着叫人，看我叫了再叫。"我叮嘱他。

前面墨绿色楼房的老小区就是我家了。我们刚进小区，很快遇上住在对楼的李阿姨。她的身后也跟着一个和她一模一样的女人，手里拎着刚买的菜。她一见我，就大惊小怪地喊道："这不是张家的姑娘吗？都多少年了，总算回来啦！模样倒是一点儿都没变，我一眼就认出来了！"

我礼貌地打了声招呼："李阿姨好。"为了让梁久听懂，我特地用普通话说的。

梁久迷惑地看了一会儿这两个长相相同的人，然后跟着我冲站在前面的这位李阿姨道了声好。

李阿姨听出了他的北方口音，将他上下打量一番："找了个外地男朋友呀？小伙子挺帅的嘛！"她明明面朝着他，却用方言对我说话，"你爸爸知道不啦？他会同意你找外地人？"

我含糊地应付着她，好不容易才摆脱了她。

梁久脸上写着大大的困惑："你们这儿，双胞胎基因很强？"

"那些是替囊。"我说。

"是什么？"梁久没听懂，因为"替囊"这个词，是江山的方言。

我该向他解释吗？犹疑中，一扇熟悉的深红色木门出现在了我眼前。

"我们到家了。"我说。

三

我早已找不到家门钥匙了，像客人一样按了门铃。

门铃响了两声，却没有人开门，我听见厨房传出炒菜的声音。我又摁了一下门铃，里面一个急匆匆的小碎步跑了过来。门打开了，是母亲。她将沾满油渍的手指在围裙上擦了擦，满脸笑容地接过梁久手里的礼品，对我们嘘寒问暖。而父亲就在冲着门的沙发中间端坐着，一动不动，手指上夹的一支烟已经抽了一半。

我和父母说过我今天回来，和男友一起，他们没来车站接我们，也没让替囊来接，我猜父亲这是故意的，就像他故意坐在沙发上抽烟而不给我们开门一样。

我努力沉住气，说："爸、妈，这是梁久，他是一名记者，做新闻的……"

我的话还没说完，他粗犷的嗓音就毫不客气地撕破了宁静："你还知道回来？回来干吗！"

他太擅长激起别人的愤怒了，用那副狂妄的嘴脸。我又回想起八年前我离家之前的那场争执，那时我刚从本市的大学毕业，想去省城工作，父亲却用一种不容分说的口吻要求我留在老家工作。我不愿意，他便说尽诋毁我的话，把我说成一文不值的样子，说我离开江山根本不可能生存下去。

后来我离开江山了，那几乎是一场有预谋的逃离。我用半年时间偷偷攒了一笔钱，半夜跳上一辆夜间长途汽车，一口气从这座南方小城逃到足够远的北方。我好几年不与家里联系，直到他不再一打电话就破口大骂，我才告诉他们我所在的城市，告诉他我在北方的 B 城活得很好，有一份体面的工作和不错的薪水，还遇到了梁久。对，我已经是一个自立于社会的成年人了，不用像小时候那么怕他了。

我拿出成年人的庄重与体面，说道："回来告诉你一声，我要结婚了。"

"结什么结：和一个外地人？"

他说的是方言，梁久没有听懂，但他显然被父亲气势汹汹的样子吓到了。

母亲赶紧上来劝解，她拉着我的手安抚我，说："路上累了吧？你们俩快去屋里歇一歇吧。"

她老了许多，几乎成了一个毫无个性的、干瘪的老太太。父亲依然怒视着我，嚣张的气焰完全不为她所动。说句难听的话，父亲的嚣张跋扈就是母亲多年来的软弱无能惯出来的。

我扔下行李，拉着梁久回到了我的房间。

这是我从小学住到大学的房间。厚重的窗帘严丝合缝地阻挡了光线，屋内一片昏暗。我重重躺倒在被褥上，想起小时候无数个晚上，只要一听见喝完酒的父亲摇摇晃晃上楼的脚步声，我就关上灯躲进被子里假装睡觉。我不是怕被他发现晚睡，而是害怕他酒气熏天地砸开我的门，大声咒骂我对他的疏离与不敬。而我的母亲什么也做不了，她保护不了我，更保护不了她自己。

"很糟糕吧。"我对伫立在我的写字桌前沉思的梁久说。

"嗯。虽然听你说过你的父亲,但没想到第一次见面就这么厉害。不过没关系,"他仍然微笑着,那令我宽慰的笑,"现在我们两人在一起呢。"

他走上前,拉开窗帘。阳光照进来,我看见灰尘在亮堂堂的空气中飞舞,不适应地用手挡住了眼睛。我的木头书架被阳光照成了橘色,架子上落了灰的物什也清晰起来。这个我住了十年的房间突然让我觉得有些陌生了,或许是因为以前我住在这里时,从来不拉开窗帘。这个习惯我维持了很多年,直到遇到梁久,这个为我拉开窗帘的人。我忍不住湿了眼睛。

"梁久,对不起。"我说,"我从没真的告诉过你我家的真相。"

我决定告诉梁久一切,关于这座小城的怪异、排外和我对它的深恶痛绝。

江山有许多长相一样的人,一些是真人,另一些是真人的替囊。替囊通常承担了一个家庭的家务活,体力活,跑腿的小活,任何本人不愿意去做的事情,包括代替本人去工作。小时候,我还无法区分真人和替囊,总是叫错人,长大后才懂得了分辨的技巧,那就是观察别人对他们的态度。这些替囊经常和家庭成员同时出现,但又不被当成家人看待。人们看待它们,就像看待一件物品。而它们自己,也总是面无表情,毫无个性可言,像没有灵魂。我不知道它们存在多久了,应该是五十年前战乱时期开始被大肆使用的。小城里现存的最古老的替囊是闫松的替囊,它就放在闫松故居的展厅里。

我带梁久去看。在闫松故居一楼大厅的中央,在红色警戒线内,那个替囊几十年如一日,安静地坐在一张老爷椅上,时而用手撑腮做出沉思状，时而端起老式茶杯喝上一口茶。他长长的脸颊和笔直的鼻梁都和画像上的闫松一模一样，发亮的眼眸似乎饱含忠善，拉紧的宽嘴唇却透出几分残忍，符合一个特务该有的神秘莫测。我告诉梁久，一般的游客只会当这是真人扮演的闫松，只有本地人知道，这是当年闫松的替囊。

梁久对着它拍了一张照片。"你是说，它从五十年前就是这副模样？不会变老，也不会死？"

"它们是按照本人当时的模样复制出来的，造出来后就不会再改变相貌。它们会变得老旧，但不是人那种变老，更像是东西变旧了。"

"那它们是用什么构成的，硅胶吗还是和人一样的生物性肉体呢？"

"具体我也说不清楚，替囊在我们的方言里是替身、人影的意思。我猜和古代人制作人偶替身挡灾有关。"

"太神奇了！"梁久兴奋极了，"他们是用巫术造出来的吗？"

"不是的，是从车间里生产出来的。"

"生产？那它们的能量来源是什么？充电吗？可为什么他们又会吃东西呢？"

"它们需要像人一样吃喝拉撒，毕竟一开始被造出来，是用来当间谍的。"

据说战乱时期，以闫松为首的当地军阀经常暗杀敌方阵营军的人，然后造出和死去的人一模一样的替囊，送回原位。这些听话的替囊无疑是他们最好的间谍。他们自己也经常让自身的替囊去执行一些危险任务，本人则躲在安全的暗处操控和谋划。

战争结束后，替囊和其他谍战故事一样，成为被永久埋藏的秘密，但在江山，这却是公开的秘密。本地人仍在使用和生产替囊，只不过不再用于战争，而是为了让自己生活便利。这座小城说不上有多繁华，但有农田，有制造业工厂，还有一座自己的大学，五脏俱全，基本上可以做到自给自足。有了替囊，人们便过得更加舒坦了。他们满足于这种富足的小日子，并不想被外界打扰，对外地人保密成了江山人心照不宣的原则，同时也造就了这里排外的风气。

我的父亲也有一个替囊。他原本是一名车间技工，年轻时还算热爱自己的工作，每天亲自去上班。大概我十岁之后，他就对工作失去了兴致，让替囊代替他去上班，自己则整天待在家里，没事就跟人喝酒，喝多了就找我和我母亲的麻烦，对家中的每件小事颐指气使，越发成了一个暴躁的控制狂。

梁久安慰地拍拍我的肩膀，"这是你和他关系变糟糕的根源吗？"

"不是。问题的根源不在我父亲，"我说，"而在于我的母亲。"

"你的母亲？她怎么了？我看她是一位很温柔体贴的母亲呀，但你和她好像也不怎么亲密。"

"我一直觉得，我妈妈，是一个替囊。"

四

因为这里的排外风气，我的母亲作为一个外地人嫁进来，一直受当地人非议。当地人有充足的优越感，认为所有知晓了小城秘密的人，定会觊觎这里舒坦富足的生活。他们都认为，我母亲是使尽手段嫁过来的。她因此遭受了亲戚们的许多白眼和奚落，最过分的一次，奶奶在吃年夜饭时说位置不够了，让母亲坐在替囊那一桌吃饭。母亲向父亲哭诉，求父亲帮她讨回尊严，但父亲没能做到。我眼看着他们爆发了激烈的争吵，吵完，母亲无人诉说，只能一个人哭，或者抱着我哭，说当年是因为怀了我才留下来。我每日惶惶地，生怕她离开。每次他们吵架，隔天我放学回家后的第一件事就是溜进父母的卧室，打开衣柜，数一数母亲的衣服是否都还在，检查她有没有偷偷打包行李。看到她苗条的连衣裙和板正的大衣都一件件整齐地挂在柜子里，我才放下心来吃晚饭。可是我十岁那年的一天，母亲还是走了。我放学回家，她衣柜里的衣服都还在，人却不见了。

我跑出去找她，从黄昏找到夜晚。江山就这么大点儿，一共就那么几条街，却哪里也找不到她。十岁的我没想过母亲或许已经坐火车离开了，固执地在江山每一寸土地上搜寻她，连西山上的树林没放过。仿佛她是什么小精灵，藏在某块地砖的缝隙里，或躲在某片叶子背后，等待着我去发现。夜里的山林"沙沙"作响，布满黑影，有几分恐怖。我拨开茂盛的草叶，费劲地循着人踩出的土路向上攀爬，踩到一块不平的石头，摔了下去。

我昏了过去。昏迷中，我还在做梦，梦里我仍在找妈妈。我梦见我从这座狭长城市的最南端，一路走到最北端，最后在江堤旁的一张长椅上找到了她。她的身体被江风吹成了蓝色，看起来十分忧伤。我喊着"妈妈"奔跑过去，想要拥抱她，她的胳膊却变透明了，她整个身体慢慢消失，不见了。我抓住的是一把空气，伤心极了。

我哭着醒来，睁开眼睛看见一个女人正坐在我床边，手里端着一碗汤药，正在帮我吹凉。

站在一旁的爸爸严厉地说："你瞎跑什么？不是跟你说了放学马上回家，你知道我们找了你多久吗？真不让人省心！"

"我妈妈呢？"我抬头问爸爸。

"说什么傻话，你妈不是在这儿坐着吗？"

那女人抬起头，冲我笑了下。她的确很像我妈妈，还穿了妈妈的连衣裙，可是她的笑容却很陌生，充满生分的感觉。

"她不是妈妈。"

我跳下床，往门外跑去。

爸爸一把抓住我的胳膊，"你想干吗？"

"我要去找妈妈！"

"你摔傻了吧？这就是你妈妈！"

很像妈妈的女人坐在那儿看着我，一副为难的样子，半晌才喊了一声我的名字："千千……"

"你不是妈妈！"我歇斯底里地喊。

爸爸失去了耐性，厚实的巴掌挥下来，使我的右脸一阵火辣辣的痛。最后他用暴力强迫我为自己的不懂事认错，强迫我开口喊那个女人妈妈。

我与那个女人相处得越久，就发现越多她不是我妈妈的证据，比如她竟然给我吃我最讨厌的西红柿，给我梳头时不再帮我系我最爱的蝴蝶结，买的洗衣粉也不是她以前爱买的牌子。在那之后，她也不和爸爸吵架了，不哭不闹，全然没了性格。而旁人看她的眼神，也完全像看待替囊一样了。

"替囊没有本人的记忆吗？"梁久问。他已经学会了说替囊这个词。

"没有。"

"那它们怎么会做事？"

"有专门的人调教它们。"

"那它们不会发展出个体意识吗？我的意思是，它们有自我吗？"

"这里的人都认为没有，认为它们没有自我，才能心安理得地使唤它们。"

从被父亲强迫叫那个女人妈妈开始，我与父亲的嫌隙便在心中产生了。他后来又强迫我接受他安排的许多别的事情，比如上补习班，比如不能养宠物，他用他的意志向我灌输，日子必须是这么过的，世界就是如此。可是反抗的情绪在我心中与日增长，我一直与父亲暗自较劲，试图逮着机会证明，他硬塞给我的一切都是错的。我不明白，他为什么硬要我接受一个替囊母亲。承认真正的母亲已经走了，离开我们了，有这么难吗？

"只要他承认了，你们的关系就能修复了？"梁久问。

"他不会承认的。"

"如果承认了呢？和他谈谈吧。"

"不可能。我了解他，像他这种自大狂，绝对不会承认自己的错误。"

"千千，你在逃避沟通。"

梁久这句话击中了我。

"和他谈谈吧。"梁久建议道，"都过去那么多年了，你都这么大了，用成年人的方式和他谈谈吧，就当是为了让他接受我。"

"嗯。"我郑重地点点头。

五

每天下午四点，是父亲固定外出散步的时间。趁这个时间，我和梁久去买了好些菜，回家在厨房里干得热火朝天，打算用一桌好菜作为和父亲谈话的铺垫。我负责洗菜、切菜，梁久收拾鱼。他用刀的手法很灵巧，一会儿就把鱼鳞刮干净了。我看着他跃动的白皙手背，心里一阵温暖，仿佛已经和他结婚了几十年。一盘盘喷香的菜摆上桌后，父亲回来了。

看到一桌子菜，他眼中闪过一丝惊讶，但马上又板起脸来。

我招呼他和母亲坐下，殷勤地给他倒上他最爱喝的米酒，"爸，这道清蒸鲫鱼汤是梁久做的，快尝尝。"

他没有接我的话，自顾自地说："我刚去问了你大伯，他单位刚好有份工作，是坐办公室的，适合你，你下礼拜就去上班吧。"

又是这样自作主张的决定。

"爸，我说了，我要和梁久结婚，以后就在 B 城生活。我们每年都会回家来看你和妈妈……"

"我不同意。你不能嫁给外地人。你必须待在江山。"他又朝梁久说："你，走吧。我不会把女儿嫁给你的。"

我真的忍无可忍了。"爸。我受够了……"

眼看我快承受不住了，梁久替我说道："伯父，其实今天千千是想和你坦诚地聊一聊的，她对你有很多困惑不解的地方，也许你们聊出来，就好了。"

"有什么可聊的。"父亲冷漠地说。

"比如……你是否用替囊替换了真正的伯母？"梁久直截了当地问出了这个问题。

"你把替囊的事告诉一个外人。"父亲恶狠狠地盯着我，"你会后悔的，我告诉你。"

"外人？这位外人可比你好多了！你气走了真正的妈妈，就拿个替囊来顶替，你以为我不知道吗？"

"你妈怎么是替囊了？"他一把拽过一旁的妈妈，粗暴地拉扯她脸上松弛的皮肤，让我看她是多么逼真的真人。

"你好好看看，替囊会老成这样吗？会长这么多皱纹吗？"

替囊是不会变老的，但我通过多年观察得出的判断不可能有错。一定有什么方式让妈妈的替囊看起来逐年老去。

"我知道了！"我像破案似得大喊，"妈妈的替囊不止一个，一定是隔几年替换一个！你是车间的微雕技工，你肯定能在每个替囊脸上雕出变老的效果，对不对？"

母亲哭了，眼泪从发皱的脸上淌下。"千千，可以不要再追问了好吗……我们是为你好……"

"不要再追问？被我说中了，是不是？是不是？"

"我们是为你好！"父亲说道。

"哼。"我说，"你不承认也行，我自己会找到证据的！"

我转身跑出了家，梁久追了出来。

"千千，你去哪儿？你不要太冲动了！"

"去车间。"

六

车间在本地人的口中，并不是一个泛称，从来都只指代那一个车间，就是生产替囊的车间。早在战乱时期，江山就有了成熟的替囊生产流水线，还分出了十分细的工种，有人负责铸模，有人打样，有人给生产出来的替囊输入指令。那时候，几乎整个江山的人都为这个车间工作，现在熟练掌握这些技术的人虽然少了，但并没有失传，反而有了不小的进步。战乱时铸模用的样本多是被暗杀的死人，现在活人也可以直接当样本，而且精细程度比以前还有所提升。我父亲就是其中一名精微雕刻的技工，负责最后精细的身体细节的雕琢，比如五官、比如脸上的细纹。

车间就位于西山脚下，算不上隐蔽。但因为我从小对替囊很抵触，还从未来过这里。现在是下班时间，它的大铁门紧锁，锈迹斑斑，看起来很森严。但我儿时的玩伴曾经告诉我，他们玩捉迷藏时从侧面的窗户里翻进去过。我们绕到车间侧面，果然看到一扇小窗。木头窗棂陈旧腐败，梁久找了一根树枝一撬就开了，我们翻窗而入。

我们打着手电，在黑暗中摸索着前进，依次经过铸模室、打样间、调试间、回收间。这些年代久远的机器看似粗笨，实则精巧非凡，梁久对着每台机器不停地拍照，一边拍，一边发出惊叹。

回收间是存放被停用的替囊的地方。按照规定，被停用的替囊不能随便丢弃，而是作为备用品放在这儿，在合适的时候重新拿出来使用。

如果母亲有过多个替囊，那她以前的替囊应该能在这里找到。

"别拍了梁久，我们进回收间。"我说道。

回收间很大，有四五排货架，每一排货架都有四层钢板，成堆的替囊像麻袋般堆着，有的能看出来破损严重，脏兮兮的；有的则用塑料袋仔细包着。我转了几圈，没有找到母亲的替囊，却找到了另一张熟悉的脸。那是——我的脸。

我使劲抽出那个长着我的脸的替囊，发现那里堆着不止一个我。它们高矮不一，大小各异，有的稚嫩，有的青涩，有的几乎是一个成熟的大人了。它们都穿着我以前的衣服，一共十二个，刚好是从十岁到二十二岁的我。每一个，都是父亲的手笔。

我觉得天旋地转，有什么东西崩塌了。原来我才是替囊，那个被逐年更换、伪装成真人的替囊。

"梁久……"我下意识地呼唤他，"我是——我是……"

梁久仍在兴奋地拍照，"真没想到，你也是一个替囊，它简直是这趟探秘之旅的彩蛋呢。"

他的语气充满戏谑的口吻，和之前温婉体贴的他全然不同。是因为得知我是替囊，所以换了看待替囊的态度来看待我吗？

"谢谢你带我看到了这么有价值的东西，这批素材够我报道一个大新闻了。"

他收好相机，转身要走。我本能地抱住他的胳膊。"你不要我了？因为看到这么糟糕的我，要离开我了吗……"

"别误会，我本来就没想过和你结婚，因为知道你是江山人，才接近你的。"

他甩开我的胳膊，一把将我推倒在地。我的腿被钢板上的钉子划到，"汩汩"地流出鲜血。

"啧啧，这血流的，像真的一样。"他俯下身，对着我受伤的腿拍下了最后一张照片。

我目送他冷漠地离去，流着假的血，却如此真实地痛着。我不是替囊吗？替囊不应该心痛吧。

黑暗里传来一声闷响，刚走到门口的梁久应声倒下。打倒他的，是手持棍子的父亲。他的身后站着惊魂未定的母亲。他恶狠狠地捣毁了梁久的相机，母亲从他身上搜出了录音笔，一并销毁了。可是当看到散落在地上的我的其他替囊，父亲的嘴角痛苦地抽搐起来。

"你还是知道了……"他哽咽道，"千千，对不起，爸爸没能保护好你……"

母亲捂着脸哭了："都是妈妈的错，当年要是妈妈没有和你爸爸吵架，你也不会……"

我愣住了，听他们用悔恨的心情讲述十二年前的那段往事。

十岁那年的一天，我放学回到家，正好撞上父母激烈争吵，我听见母亲说了一句"要不是为了千千，我早就不跟你过了"，便从家里跑了出去。他们吵完架发现我仍未回家，出去找了我一夜，最后在昆山脚下找到了从山上摔下来的我的尸体。他们悔恨交加，伤心极了，忍不住造了一个我的替囊。可他们想要一个真正的女儿，只输入指令的替囊不可能具有自我，自我需要鲜活的个人成长记忆作为基础原料。于是妈妈给了我她记忆中十年份的我，而代价是她自己缺失十年记忆，成了一个性格残缺的人。

我能够讨厌西红柿，是因为妈妈记得我讨厌西红柿；我能够喜欢蝴蝶结，是因为她记得我喜欢蝴蝶结；我无数次查看她衣柜的记忆，是因为她无数次伤心地查看自己的衣柜，犹豫着想要离去；而我在江山城疯狂寻找妈妈的记忆，是妈妈在疯狂寻找我。

妈妈从来没有抛弃我，她的爱植入了我的记忆，成为构筑我的自我的基石。而爸爸，从那之后每一年都趁我睡着后偷偷为我更换身体，亲手雕刻出我逐年长大的脸。他的每一步都谨小慎微，但还是整天提心吊，担心我受伤，担心别人或者我自己发现我是替囊，他时刻关注着我的行踪，偏执地要求我时时刻刻处于他的视线之内，以他的方式默默保护我。

"可是……我又是谁呢？我到底是什么呢？"我抽泣着，抱着自己的头。

理论上说，我肯定不是千千，真正的千千早已死去。我只是她的替囊、她的替身。可是，我却拥有自我，这么多年来，像一个真正的人一样上学、长大、生活。

父亲和母亲抱住我不住颤抖的肩膀，说：

"你当然是我们的女儿啊。"

七

那天晚上，梁久趁我们不备悄悄爬出了车间，逃走了。好在他没有证据，无法做任何报道，关于这座小城的故事依旧是谜一样的坊间传闻，江山保持了它原本的沉静与安详。

爸爸还是想让我留下来，好方便继续帮我更换身体。22～30岁，我没有变化尚且不会引人注意。但随着年龄增长，若我的样貌一直不变，就会被人怀疑了。可是我已经离开江山生活了那么多年，早已习惯了B城的生活，不想放弃B城的工作与机会，回来固守这一方安逸的小世界。

我们差点又吵了起来，但令我欣慰的是，爸爸明明可以直接给我输入指令，让我成为一个听话的乖女儿，但他没有这么做。最终，我说服了父母，他们既然给了我自我，就应该相信我能对自己负责。

我在家里小住了几日，便启程回到了B城。离开前，我向他们保证，我会每年定时回来让爸爸给我更换身体，答应他们在外面好好照顾自己，答应他们每周打给家里打一个电话，答应他们，我会想念他们的。

我为什么不喜欢猫

一

不知道为什么，我认识的人一个个都养起了猫，网上的猫图也越来越多，猫脸、猫爪子、猫蛋蛋，刷了我一脸。我搞不懂，这些圆脸、毛乎乎的小玩意儿有什么好的，我一看见它们，就想一拳打过去，或者一脚把它们踹飞，尤其是那种脸很扁的猫，什么品种来着？对了，是加菲（异国短毛猫），明明长了一张欠揍的白痴脸，却能让人把它捧在手心当宝贝。真想把那张白痴脸揍的凹下去！

"你这是暴力倾向。"女友小艾朝我嚷着，怀里抱着从楼下捡的小奶猫，"张小咪我养定了，你要是敢动它一下，我就跟你分手！"

那只橘色小奶猫睁着乌亮的眼睛，朝我咧着嘴，露出粉色的舌头和细小的牙齿，发出"呲呲"的声响。

"它威胁我！"我冲小艾说道。

"那也比你可爱！"小艾一边吼我，一边无比温柔地抚摸那玩意儿的头，气得我只能下楼去抽烟。

楼下有一个葱绿的小花园，几个小区居民正一边晃悠悠地健身一边乘凉。拐角就是小区的大垃圾桶，垃圾桶挨着墙根堆了许多纸箱子，不知道是谁扔的，小奶猫就是在这儿捡的。我和小艾下班回来，她看到这只猫的第一眼就像着魔了似得走不动路了，第二眼就给它取好了名字。不过是一只野猫，什么张小咪，还有名有姓的，我想想就来气。

小艾本来就喜欢小动物，路上看到猫呀狗呀一定要停下来拍照。这本来是个挺可爱的特质，可是自从她捡回了张小咪就一发不可收拾，把家里的茶杯、床单、沙发垫，都换成了猫图案的。上个月我过生日，她送我一条领带，让我闭上眼给我带上。我睁眼一看，领带末端竟印着一个猫头。

我扯下领带，"我一个男人，怎么能戴这种领带！"

她撅起嘴，说："你别的都挺好，就是不喜欢小动物，不够有爱心。"她重新帮我把领带系好，"这领带你必须收着，这上面印的可是我们的儿子，张小咪呀！"

我回想她贴在我胸前，手指在领带间打转的温柔，才过了一个月，竟然因为一只破猫要跟我分手。还说什么是我们的儿子。

一只成年的三花从盒子后面钻出来，毛脏兮兮的，一看就是只野猫，但圆润得很。它走到我跟前，两只爪子整齐的摆在胸前，歪着头朝我"喵喵"叫起来。这种标准的乞求和撒娇动作，让我觉得极不自然。

"滚！"我吼了一句，朝它飞起一脚。它惨叫一声，吓得跑进了草丛，尽管我根本没碰到它。

健身的老人和嬉闹的小孩都停了下来，纷纷转头看向我。离我最近的一个小男孩高声尖叫道："这个人踢小猫，这个人是坏人！"

人群里接连发出细碎的啧啧声和谴责意味的叹气声。一个干瘦的老婆婆哀叹道："这猫我天天喂，可亲人了，造孽啊小伙子！"

"扯淡！我根本没碰到它！"我争辩道。可是没人相信我，人人都用不可思议的眼神看着我，好像我是一个异类，一个非人。

在这种目光下，我再也站不住了。"竟然被一只猫陷害到这步田地！"我丢掉烟头，只能去小区外面透透气了。

我刚走到小区门口，一只手突然搭在我肩上。

"不就是个猫吗？有完没完了！"我愤怒的回头，门卫李大爷正一脸慈爱地看着我。

"年轻人，别慌，你只是病了。"

"什么？"我觉得莫名其妙。

他却毫不在意我的恶劣态度，说："我儿子之前也像你这样，后来去看病才好的。"他皱纹丛生的眼角竟然湿润起来。

"都是街坊邻居，实在不忍心看你受罪，早治早解脱。"他格外怜惜地拍拍我的肩膀。

"你才有病！"

二

我头也不回地走出小区，打算散步到便利店买包烟，然后回家。

这个世界真是越来越怪了，街上的橱窗每隔几步就能看见猫装饰，不是猫尾巴，就是猫耳朵。广告牌上的猫女郎笑得甜美可爱，街上发传单的人戴着猫头套，便利店的店员也戴了猫耳朵，还是男店员。好像整个世界都在过猫的节日，每个人脸上都带着微笑，沉浸在欢乐祥和的气氛中。

只有我，暴躁不已。

我拆开新买的烟，不知从什么时候起，烟盒都变成了圆角，就像街上的广告牌，窗户、椅子角，也悄悄变成了圆角一样。我点燃一根烟，吸了一口，甜的。

"欢迎下次光临！"男店员举起一只拳头在脸边，叫了一声，"喵——。"

我再也忍不了了，无论是甜味的烟，还是学猫叫的男店员。

我的肾上腺素升起来，挥起拳头冲着男店员的脸就是一拳。他一只手捂着迅速变青的眼睛，"嗷嗷"叫起来。还没等我打第二拳，他的另一只手就按下了报警器。

我没回成家，被赶来的警察带去了派出所。我气得够呛，只想把眼前的一切砸烂，砸个稀烂！可是我的手被铐着，这该死的手铐上竟然套着一层粉色的绒布，还有两只绒布做的猫耳朵！

过了一会儿，小艾来了，她一看我手上的手铐就吓得哭起来，心疼地扑到我身上，"你到底怎么回事？为什么要打人啊？"

我伸出一根手指，指向还在那哭哭啼啼的男店员，"那个人……有猫耳朵，还学猫叫！"

小艾看了一眼店员头上的假猫耳，痛心疾首地说道："你为什么就这么讨厌猫啊？"

　　是啊，我为什么讨厌猫，我也不知道。全世界的人都喜欢猫，只有我讨厌猫，为什么呢？我疯了吗，还是这个世界疯了？

　　警察摸着肥厚白嫩的下巴，把我上下端详了一番，说道："恐怕是厌猫症，这已经是这个月第三起由厌猫引起的暴力事件了。"

　　"去看看吧。现在是和谐社会，厌猫可不行，太危害社会了。"

　　"什么玩意儿……"我讥笑道，"这病能有地方看？"

　　"三甲医院的神经科都行。"

三

　　如果不是小艾强烈要求，我不可能来这儿。这间会诊室只有单调的白墙和边棱利落的大桌子，没有半点儿和猫相关的装饰，这倒让我对医院的印象大为好转，狂暴的心情也平复下来。唯一让我觉得刺眼的是，坐在桌子对面的医生穿着一件粉色的大褂。小艾坐在一旁的椅子上，焦虑地抱着自己的胳膊。我的父母也来了，他们逆来顺受的老脸一会儿转向我，一会儿转向医生，坐立难安，如临大敌。粉大褂医生慢条斯理地摊开一份临床症状对照表，开始发问，声音冰冷又不容置疑。

　　"病人是不是讨厌猫？"

　　"是。"我回答。

　　"病人是不是和猫相关的东西都讨厌？"

我刚想说也还好吧，就是看多了觉得烦，小艾抢先回答："是啊，他昨天打人了，就因为那人戴了猫耳朵发卡……"

"病人是不是对猫表现出很强的攻击性？"

"是……"小艾低下头，声音也低了下去，好像是在说什么见不得人的丑事，"他总想伤害我们家的张小咪……"

"我根本没打过猫！我就是打了个人！"我反驳道，可是没人把我的反驳当回事。

"病人还有说脏话的症状。"医生补充道，在纸上写了两笔。

"病人是不是在生活里也没有耐心，经常很暴躁？"

"是啊，是啊，"我的老母亲说道，"每次我给他打电话，还没说两句，他就不耐烦地挂了。"

"没错，走在路上我停下来给猫拍张照片，他也没耐心等。"小艾说。

"这是厌猫症的并发症状。"医生推了推眼镜，合上文件，"基本上可以确定，是厌猫症。"

医生冰冷的判断一出，我的女朋友带头哽咽了起来，亲属区一片哭哭啼啼。

"家属们不要慌——厌猫症并不完全是不治之症，我们还需要做进一步的诊断。"

厌猫症厌猫症，这个词明明这么荒诞，医生却言之凿凿的样子。我听不下去了，站起来凶狠地拍了下桌子，"我他妈就是讨厌猫而已，凭什么说我有病？"

医生不愠不火地回答，"这个就是我们的专业了。"

"人类之所以喜欢猫，是因为猫脸酷似人类婴儿的脸，大眼睛、圆脸、短鼻子，经过几千年的驯养，连叫声也与婴儿相近。这些特征，都会激发人类的照顾之情。所以人类喜欢猫，几乎是一种本能，和照顾后代的本能是一样的。一旦人类不喜欢猫，那一定是——"医生用食指点了点自己的脑门，"这里出了问题。"

"你才脑子有病！"

"你别动怒。我们是有依据的。你要是不信，我们可以做个实验。"

"做就做！"

四

医生领我进了一间有一整面透明玻璃的房间，安排我在房间中央的椅子上坐下。一位助理走过来，给我戴上一顶连着很多电线的白帽子。我的亲属们站在玻璃的另一边，神色惊恐地朝我张望着，仿佛在看什么怪物。

医生的解说称得上详尽、耐心、热情洋溢，"根据我们的研究，厌猫症的形成，有两种原因，一种原因是猫太过可爱而引起大脑的自我调节。因为看到太可爱的事物，导致人情绪上的正面效果过强，中脑边缘系统释放过量多巴胺，这使大脑因过于兴奋消耗了大量能量。为了平衡大脑的能量，人脑就释放出了负面的暴力倾向来平衡积极情绪，这种叫作假性厌猫症，只要稍加疏导就能解决。另一种原因是患者大脑中负责照顾后代的脑区出现了异常，这被称为反社会人格。因为这个脑区异常，患者才无法喜欢猫。我们称甚为真性厌猫症，也叫反社会型厌猫症。"

"那——那我男朋友到底是真性还是假性啊？"

"马上我们就知道了。"医生叫道，"小李！准备实验。"

助理往我手心里塞了一块软软的，但有很多小气泡的东西，让我想到软乎乎的猫爪子。"真烦。"烦躁使我使劲捏住那玩意，好几个气泡接连被我捏爆。

医生向我这边伸长脖子，活像待宰的鹅，"唉，小李，注意别让他现在就捏啊，那是做实验用的，等屏幕上开始放猫图片了再塞到他手里嘛！"

我的眼前亮起两块屏幕，一块出现了猫图片，另一块出现了好几道错综复杂的电波，应该就是我的脑电波了。

"假性厌猫症在看到猫图时会暴躁，同时大脑的颞叶中会出现明显激起状态波形。但只要让他捏气泡球作为舒缓，他就会重新觉得猫可爱。如果是真性的，就疏导不了，无论怎么捏，他的颞叶中回的脑电波都会呈现激起的状态。"

我把气泡球捏的"啪啪"作响，猫图放到第九张时，气泡球不响了，气泡全都被我捏爆了。

医生走进来，循循善诱般和蔼地问我："现在告诉我，你觉得猫可爱吗？"

"可爱个头！"我大吼道，愤怒完全不受控制地在我胸口冲撞。与此同时，我的脑电波图出现了一个尖锐的波形，几乎像垂直的峭壁！

医生立刻退后了三步，仿佛我是一座随时会爆发的火山。他一脸遗憾地说："你自己的脑电图，你都看见了吧……很抱歉，你患的是真性厌猫症……"

我感到五雷轰顶。原来，我病了，原来我的愤怒和暴戾都是因为一个坏掉的脑区。我的大脑，不受我控制了……无力感湮没了我，但同时又伴随一种释放，我不用为自己的暴力行为而愧疚了，因为我病了。这都是厌猫症的错！

我看见小艾眼中滚动着泪珠，"那怎么办，他还有救吗，大夫？"我的女友多么温柔啊，爱笑，富有同情心，喜欢小动物。平时她说我没有爱心，说我有暴力倾向，我还不以为然，觉得她在苛责我。原来这都是因为我病了，因为我的颞叶中回脑区坏掉了。

"反社会型厌猫症几乎没有痊愈的希望，只有通过药物来维持正常生活，但药物也会有副作用，需要人去适应，这个过程挺痛苦的。就看你们家属的决定了。"

"那，那肯定得治啊，花多少钱也得治啊……不然他一辈子不就废了！呜呜呜……"我的老母亲呜咽道。平时父母总说我对他们语气不好，没有礼貌，我还嫌他们啰唆。自从我病了，就这样不知不觉地伤害了他们那么多次，而他们却对我不离不弃。我又愧疚又感动。

"亲爱的爸、妈，你们放心，我一定好好治病，不管副作用让我多痛苦，我都会忍过去的！"

"有这个觉悟就太好了，我对你有信心。"医生说道，"那，我们就先做一个疗程试试。"

五

助理拿着一根针管，俯下身卷起我的袖子。我看到他瘦削的下巴和稀疏的青色胡茬，这不是门卫李大爷的儿子小李吗？

"你怎么在这儿当助理？你爸说你来这儿是治病的。"

"是呀。"小李温婉有礼地说，"我不但治好了病，还找到了工作。"

随着手臂传来一阵刺痛，小李麻利地打完了针。

"对，小李是我们这儿的模范病人，是罕见的反社会型厌猫症治愈的成功案例！"医生按捺不住得意说，"小李，验证一下药效。"

我面前的屏幕又开始放猫图，尖尖的耳朵，圆圆的脸蛋钻进我的眼中、心里，我的狂暴正要发作，下一秒却呕吐起来。我"哇哇"地吐了足足十分钟，把昨天的饭菜和喝下去的果汁全都吐出来了，连胃酸也吐了个干净，整个人干枯得像一把稻草。

我意识到，这就是治疗的副作用。我领了药，和亲人回到了家。从此，我的生活截然不同了。我每天早晚两次按时打针，一走出家门就狂吐不止，因为我没法不看到街上的猫和无处不在的猫元素。为了减少刺激，我不再上班，也不再出门，终日守在一个单调的小房间里。

小李隔一段时间就会来看我一次，作为诊所的回访。他原本只是街上的一个小混混，整天游手好闲，惹是生非，没少听李大爷抱怨他。现在他却穿着整洁的粉大褂，梳着干净的短发，彬彬有礼，完全变了一个人。他看我可怜，对我说："要不，你跟我去诊所做义工吧，毕竟诊所是专门为病人准备的，没有猫元素。我一开始打针也像你一样，吐得什么事也做不了。后来去诊所做义工，病才有所好转。"

我像抓住了一根救命稻草，"去诊所做义工，病就能好？"

"未必，我也不知道我是怎么好的，"他苦涩又无奈地笑了笑，"也许只是久病成医吧。"

六

在小李的推荐下，我顺利去了医院做了义工。义工的工作很简单，无非是打扫房间，整理病历。至于清理医疗用品和照看病人的工作，我暂时还做不了，都是小李做的。我依然每天按时打针，不过呕吐的次数少了许多，只是偶尔觉得莫名烦躁，一烦躁，就又呕吐起来。

在工作之余，小李把他学习过的脑神经科学的书借给我看。这门学科真复杂，我找到颞叶中回的章节，发现科学家对这个脑区的功能就有很多种说法，不仅处理情绪，还负责处理记忆信息和听觉信息。我仔细对照了诊所使用的脑电仪器，发现它也没能精确到区分到功能脑区。我便问小李，这块脑区的功能这么复杂，医生在为我们做诊断的时候，是怎么保证脑电波反映出的一定是照顾后代功能的问题的呢？小李微微一笑，说："这块我也学习了很久，还是没能搞清楚。医生有多年临床经验，大概是熟能生巧吧。"

"那你是怎么把自己的病治好的呢？"我问小李。

小李附在我耳边，悄悄说了一句惊天动地的话："其实很简单。你只要对医生说你喜欢猫了，就可以了。"

我大为震惊，"那，这一整套治疗算什么？都是骗人的把戏吗？"

可小李依然一副云淡风轻的模样，说："倒也不是完全骗人的，但这些不重要。重要的是，找到和环境相适应的生存方式。"

那天之后，我偷偷停止了打针，每天把配好的药剂冲进马桶。我不再呕吐了，感到烦躁的时候就努力忍住，学着像小李一样微笑。再次复诊时，医生判定我的状况不错，有好转的希望，说我可以在诊所周围走走了，慢慢扩大活动范围。

七

这所医院位于城市僻静的一隅，是由一座有些年头的旧宅改建的。这是半年来我头一次出门。我沿着不宽的马路往前走，路的两侧栽着高大的杨树，两边是种植果蔬的农田。夕阳西下，远处自来水厂高高的烟囱刺破了夕阳的余辉，飘出的烟雾也渡上了一层金色。我时不时看见路面上小孩涂鸦的猫，和电线杆上破败的猫女郎的广告，我都让自己嘴角上扬。我已经练习这个表情上千次了，现在任谁看，都会觉得自然。迎着傍晚的微风，我深深吸了一口气，是自由的味道。现在的我应该也能对张小咪微笑了。有半年没见到小艾了，我决定给她一个惊喜。

我朝着市区的方向走去，沿途猫元素越来越多，就像城市的灯光越来越亮一样。可是，当我走进市区时，努力练就的微笑还是在我脸上僵住了。街上的行人都长着一对毛乎乎的猫耳朵，每个人的眼珠子都变成了猫眼，藏着猫眼里才有的浅色竖线。我目瞪口呆，一股不知是愤怒还是恐惧的情绪不断涌上来，冲得脑袋又疼又胀。无数双猫眼看向我，审视着我，比半年前小区的人谴责我的眼神更加冰冷，像一场冷酷的审判。而伴随这场审判的，还有细碎的低语声。

"这人怎么回事？浑身上下一个猫也没有。"

"该不会是厌猫症吧？"

我只觉得脑袋"嗡嗡"作响，我快要忍不下去了。这时，一个人影闪现，一把将我拉到旁边的小巷里。

我回过神一看，竟是小李。和在诊所时不同的是，他也有猫耳、猫眼。

"你胆子也太大了，连我都是在诊所外围适应了两个月才能到城里正常生活。"小李从包里掏出一对猫耳朵和猫眼美瞳。

"那些人的耳朵和眼睛都是假的？"我问他，"我差点以为人类基因突变了！"

"谁知道呢。自从几个月前有人宣称自己一夜之间长出了猫耳、猫眼，还上了电视，这些玩意儿就卖得特别好。"他将猫耳、猫眼塞到我手里，"赶紧戴上，不然等会儿被厌猫侦查队发现就糟糕了。"

我极不情愿地戴上，气恼地砸了墙壁一拳。"我们只是讨厌猫而已，却要被迫害到这个份上！"

看见我拳头渗出的血，小李呵呵一笑，"憋得慌吧？我带你去一个地方，可以尽情发泄。"

八

我跟着小李来到一个废弃的地下车库。一股恶臭味扑面而来，就像腐烂的尸体夹杂着凝固的血。借着昏暗的光线，我看见水泥地上到处都是斑驳的血迹和黏成一团的毛，还有数不清的啤酒瓶和食品包装袋。

黑暗里传来一声爆裂的易拉罐被挤压的声响，十几个人从深处走出来，他们都没戴猫耳，眼里泛着凶光，竟有几分瘆人。

"来，欢迎新人加入。"领头的男人说道："你很幸运，正好赶上了我们的大计划。"

其他人大声叫好："太好了，今晚可以多杀几只猫庆祝一下！"

听到杀猫，我没底气的颤抖了一下，毕竟我从没真正打过猫，更别提杀了。

我连忙岔开话题："什……什么计划？"

"你还不知道啊？小李，你跟他说说。"

从我们进来，小李就完全变了一个人，脸上的微笑消失了，取而代之的是狰狞的黑影。

"你不是问我们医院的治疗是不是骗人的吗？"

"你当时说不完全是，是什么意思？"

"医生在做脑电诊断时，你看到的脑电波确实是真的，但那不是颞叶中回的电波，而是颞叶中回内侧的海马区。"

"我记得海马区不是管记忆的吗？"

"没错，但有些人的海马区有点儿特别，无法被弓形虫感染。"

"你是说把猫当宿主的那种弓形虫吗？一般不是通过食物或者猫粪便感染的吗？怎么会感染这个脑区？"

"普通的弓形虫的确如此，但现在我们感染的弓形虫，是经过特殊的基因改造的，携带乖顺基因的弓形虫。人要是感染了，除了会喜欢猫，还会变得越发恭顺温和。但我们这些人由于海马区异常，无法感染，反而适得其反，变得极为讨厌猫。"

我再一次感到我的大脑不是自己的。我已经不知道我的感觉哪些是真，哪些是假的了。

"到底是什么人？竟敢对我们的脑子为所欲为！"

"你想一想，大家都变得的乖顺后，谁受益？"

"是谁？我要干死他！"我气到丧失理智，几乎失去了思考能力。

"这还想不到吗？"小李拍拍我的肩膀，露出一个随意的讥笑。

九

我总算明白了，我早已成为社会培养顺民的过程中被剔除的逆反者。所谓的厌猫症疗程，不过是为了通过呕吐反应消除逆反者实施暴力的能力，让他们对社会构不成威胁，让其他人安心。如果不是遇到小李，我一辈子都要背着厌猫症的恶名，动不动就呕吐，永远固封于一方小房间中。现在，这个地下车库是我唯一的容身之所了。可是，我真的要和眼前的这些戾气外露的逆反者站在一起，站在社会的对立面吗？

领头男说，他们中一个有生物学背景的成员研制出了一种反向弓形虫，只以人类为宿主，但不同于猫弓形虫使人喜欢猫，反向弓形虫会使被寄生动物对人具有攻击性。到时候，所有的猫都会疯狂撕咬人类，而人类不管内心喜不喜欢猫，都不得不清理身边的每一只猫。

一个年轻男孩问道："弓形虫的感染周期只有一周，猫感染完一周就失效了怎么办啊？"

领头男斩钉截铁地说："那就再投喂，再让它们感染，直到人类杀光所有猫为止！"

"一定要这么残酷吗？"我怯怯地问道，"如果你们能研制出反向弓形虫，一定也能研制出使人类摆脱对猫的迷恋的弓形虫吧，何必搞得人类和猫相互虐杀？"

"我们要的，就是所有猫都死光，看着所有爱猫人痛不欲生！"

领头男放肆地哈哈大笑，我只觉得毛骨悚然。这些人，恐怕才是真正的反社会。

接下来，领头男分配任务，让我们每个人负责几个片区，在小区和路边投放掺了反向弓形虫培养液的猫粮。据说除了这个车库，在城市的其他角落还有四百个参与这项计划的人。大家领完任务，有人推来一笼子猫，有十几只。他们手里拿着绳子、小刀、破啤酒瓶等各种工具，纷纷围住笼子。

小李也兴冲冲地往笼子跟前凑去，问我："你不过去试试？像我们这种每天辛苦假笑的人，不适时发泄一下，会情绪失调的。"

我几乎无法直视笼子那边，心虚的回应道："你先去吧，不用管我。我还能忍……"

趁着车库里一片沸腾，我悄悄溜了出来，朝我住的地方赶去。他们计划在三天之后投喂，在这之前，我得让小艾把张小咪扔了。

十

打开熟悉的家门，小艾刚洗完澡准备睡觉，见我进门，一个熊抱扑到我怀里。"你终于能回家了！"

她还是那么温柔，湿漉漉的长发连带眼泪打湿了我的肩膀，我用力抱了抱她。地板上冲着我哈气的张小咪已经是一只成年公猫了，拥有灵敏的身段和锋利的爪子，不像小时候那么好欺负了。

"我这次回来是有重要的事要说。"我严肃地说道，"小艾，快把张小咪扔了，然后去买七天的食物和水！三天之后，一定不要出门，在家里待上一周！"

她一把推开我，"你怎么刚回来就说这种话，我还以为你的厌猫症痊愈了。"

"难道，你是偷跑出来的？"小艾脸色一沉，转身拿起电话。"对不起……前阵子刚出了政策，患有厌猫症又不接受治疗的，必须被监禁。我不能包庇你，包庇一个社会隐患……而且，我不想和一个讨厌猫的人交往。"

十一

在小艾的举报下，我被送进一个没有窗户的小房间。每天有人送进食物和水，早晚各强制注射一次治疗药剂。保护小艾是我唯一想做的事，可现在我什么也做不了了。我机械地咀嚼着米饭，脑袋因绝望像卡顿的机器似的陷入反刍。

"对不起……我不想和一个讨厌猫的人交往。"

"对不起……我不想和一个讨厌猫的人交往。"

"对不起……我不想和一个讨厌猫的人交往。"

小艾最后的这句话不断在我耳边徘徊，我真的讨厌猫吗？还是因为感染了弓形虫才变得讨厌猫？在感染之前，我到底是讨厌猫，还是喜欢猫呢？全城的人病态地喜欢猫已经一年了，国家到底是怎么让我们反复感染的？是食物和水吗？

抱着最后一丝执念，我开始绝食、断水。第三天的时候，我饿得头晕眼花，依稀听见墙外猫和人的喊叫声持续不断，撕心裂肺。又过了几天，我渐渐听不清了，但我必须撑过一周，撑过弓形虫的一个感染周期。

一周又两天后，我用最后的力气拿出口袋里小艾送的那条领带，仔细端详上面的张小咪。张小咪一双棕色的眼睛睁得滚圆，粉色的嘴角顽皮地上翘，鼻子上有一块橘色的小斑点，额头上有一块橘色的大斑。这一次，我没有呕吐。

我喜极而泣。我没有讨厌猫，我只是不喜欢猫而已。

融　星

一

当齐辰带着一套"融星"设备迈入客空间人流骤减的大厅时，就有一种不好的预感。

也许是因为客人的减少，客空间的光源也少了。本就低矮的天花板显得更低了，处处是昏暗的角落。连咖啡的拉花也缩紧了边缘，像一张窘迫的脸。咖啡早就凉了，齐辰端起来象征性地喝了一口，抬眼偷偷观察对面坐着的投资人黄耀的反应。

这位业内名声显赫的投资人摘下半个额头宽的金属头环，粗壮的手指有力地敲击着桌面，似乎对刚才大脑神经元投射出的意识空间体验很不适。

"你放弃吧，我们不会投资这种做着玩的产品。"他直截了当地说。

齐辰没指望这笔融资会谈的顺利，但也没想到，在他展示完产品的十秒后，谈话就结束了。他的心沉沉的往下坠，几乎跌入谷底。

"不能就这么回去！"心底有一个声音告诫他。"是啊，好不容易才约上黄耀，在他演讲前一起喝一杯咖啡，不能一句话就被打发回去。更何况现在资本市场每况愈下，得到融资越来越困难。"

他强打起精神，坐直身体，微微前倾，直视黄耀不耐烦的目光，"融星当然不是做着玩的。我们给他取名为融星，就是希望人们能在共享意识空间联想到宇宙星空，它就像一整个庞大寂静的宇宙！"

"那又如何？现在根本没人见过星空，也不会对这个使用场景产生任何功能联想。"

"是，我们是没见过星空，但仰望同一片星空，对着星空沉思，是从远古时期人类就在做的事，有关星空的神话故事几乎在每个人类文明中都能找到。可以说，星空的意象是人类集体潜意识的一部分，甚至对整个人类文明的塑造与推动都有重要作用。正是因为我们现在失去了真正的星空，才需要融星的共享意识空间啊。"

"停。"黄耀并不买账，直接打断了他的话，"你这套说辞要是放在五年前，不，哪怕是三年前，肯定有人买单。但现在是什么时候，堡垒危机，资本寒冬！就连企鹅的创始人都退股套现了，我们公司对创业公司的投资份额缩水了一大半，不可能再供养你们这种有理想主义的公司了。你知道在堡垒危机前，我们的重点关注的领域是什么吗？商用航天飞船！属于人类黄金时代的奢侈理想！但现在呢，连咖啡这种快消品都说崩就崩了，我们只能考虑投资大型智能盾构机（在地下挖隧道的机器），落地到地壳深处的项目！时代不一样了，年轻人，风口已经过去了，还是脚踏实地吧。"

黄耀说的这些话齐辰都认，整体局势不好，是没有办法的事。但唯独最后一句，他无法认同。过去五年与齐野、与团队成员日日夜夜的努力涌现在他眼前，他忍不住拔高了音调。

"我们不脚踏实地？融星本来就是靠技术起家的团队，我和齐野都是计算机专业出身，哪一块功能不是靠自己研发，一点点积累起来的？三千五百万的用户也是实打实被产品留下来的！"

黄耀抬起手腕看了一眼智能手表，"我还剩十分钟就要演讲了。谢谢你的展示，我没有否认你们的努力的意思，但融星的商业化程度目前实在达不到我们的要求。当然，融星这五年积累的意识投射技术还是很有技术门槛的，这是有目共睹的，如果你有意向，我可以介绍愿意收购你们的公司。当然，这个行情下价格可能没那么高。"

"呵，被低价收购吗？"这自然不是齐辰想要的结果。他正想阐述自己的愿景，却迎上黄耀一个意味深长的眼神，"你弟弟齐野不是病了吗？治那种病，很花钱吧？"

齐辰像被戳中了要害，再也说不出一句话，眼睁睁看着黄耀转身离去了。这不是他平时的状态。平时的他，总是再三尝试，坚持不懈地想尽理由说服对方。可现在，他却仿佛失掉了力量，失掉了所有的热情和冲劲，松松垮垮地靠在椅子上，像一个瘪掉的靠枕。

"大家好，我是黄耀……"演讲台那边传来一阵稀稀拉拉的掌声，没精打采的。

客空间从前不是这样的。这里曾经门庭若市，无数创业者来来去去，热火朝天地讨论，每个人的眼睛里都藏着火星，仿佛能一眼洞穿成功的未来。他和齐野也是在这里拿到融星的第一笔天使融资的。很快他们遭遇了来自企鹅的竞品，不得不面对与大公司的直接交锋，几近撑不住。但后来他们还是拿到了来自字节科技的重要投资活了下来。那是多么令人愉快的时光，怀抱希望，干劲十足。尽管他们中没人见过天空，更不知道大地是何其广阔，海洋是何等深邃。

"今天我演讲的主题是，退潮之后，裸泳者如何上岸……"

二

纯白的隔离病房里，齐野刚刚做完下午份的例行激光清理手术。他躺在床上，朝天花板伸出那只被感染的左手。他手上长满淡绿色的颗粒，像潮湿的墙根生长出的苔藓，微小却有强劲的生命力。苔藓还在往上蔓延，已经到了手腕处。

"绿菌增殖的速度很快，建议清理频率提高到一天四次。"旁边的李医生说道。他全身包括脸都被白色的防护服覆盖着，仅露出的一双皱巴巴的小眼睛流露出担忧。

"还是先保持一天两次的频率吧。"齐野说。自从融星的资金开始吃紧，他和齐辰就没从公司拿过一分工资。他们承担不起更多的治疗费用了。

"你也太大胆了，前期连传染源都没弄清楚，就敢去做志愿者。结果自己受罪。"

齐野轻浅地笑笑，"总得有人去吧。"

"唉。你说，为什么会有人没事找事，非要去地上呢？"李医生忍不住念叨，"好好在地下待着，就不会把绿菌带下来了。现在搞得人心惶惶的，连公共场合都不敢去。"

齐野知道，他念叨的是前阵子偷偷跑到堡垒外做研究的两个微生物学家。在传染源查清楚后，他们被当成这次堡垒危机的罪魁祸首，人人唾弃的罪人。但事实上，绿菌并不是他们带来的。两百年前，一种绿色菌类物质从天而降，以惊人的速度覆盖了整个陆地。任何沾染上它的生物，都会很快失去生命力。没人知道绿菌到底是什么，有人说是菌类生物的变异，也有人说是随陨石坠落地球的外星生物，科学家还未研究出所以然来，城市就陷入了瘫痪。剩下的人类躲在不见阳光和雨水的地下室、防空洞才幸免于难。之后，整个人类文明都被迫转为地下发展了。

"他们也是为了彻底解决绿菌的灾害，好将人类带回地面。"

"地下堡垒有什么不好，我就想不通。"李医生继续抱怨道，"有吃、有喝、有 WiFi①，挖掘出的地下生物能源足够人类社会使用两千年。新闻上不是说，现在人均 GDP② 比黄金时代那会儿还高，现在的生活明明比以前好，何必到上面去自讨苦吃？"

齐野笑笑，不再争辩什么。他明白，这是现在大多数人的想法。且不说没人确切知道人类黄金时代的生活水平，地下堡垒社会确实顾全了人们物质与精神上的种种需求。层出不穷的快餐式文化产品在占

① 无线局域网技术。
② 国内生产总值（Gross Domestic Product, GDP），是一个国家（或地区）所有常住单位在一定时期内生产活动的最终成果

满人们思维的同时也消解了情绪，使人们在剩下的时间里像勤奋的工蚁一样，在一个一个的半圆形堡垒间来来回回地工作，一切都井然有序。在这种令人满足的井然有序中，好奇心和走向地面的欲望，都是不必要的，属于会带来麻烦的念头。

病床前的笔记本上电脑进来了一个电话，齐野马上用左手单击接通按钮，屏幕上出现了齐辰的脸。那张五官与自己几乎相同的脸，正拉紧嘴角，垂着眼。他只看了一眼，就立刻明白发生了什么。

"别灰心，没谈成很正常。我们要相信融星的价值。"齐野安慰道。

齐辰没接话，反问道："你的治疗怎么样了？"

"老样子，每天两次激光清理。"齐野故作轻松地回答。

没有药物能够彻底根除绿菌。一旦感染，绿菌就像烧不尽的野草，凭借顽强的生命力长久存在于人类真皮组织之下，一点点掠夺人体的生命力。除了每日做激光清理，没有别的办法。随着绿菌增殖速度的提高，只有提高清理频率，才能维持人体的正常代谢。因此，治疗费用基本上是无底洞，只会增加，从不减少。

"如果有人愿意收购融星……"齐辰目光低垂，不敢与视频里的弟弟对视。

"如果不卖掉，我们还能坚持多久？"齐野问。他很少看到哥哥如此丧失斗志的模样，这意味着，他可能遇到了难以抉择的困境。

"五个月？"

"那我们还没到迫不得已的时候？"齐野语气坚硬起来，"过去每一次困难我们都挺过来了，你什么时候说过这种泄气话？现在你怎么能轻易说卖掉呢？"

齐辰仍不敢抬起眼睛。他害怕撞上弟弟明澈热切的目光。

"你的病……"

"原来你在担心这个？"齐野故意夸张地笑出声来，"我死不了，我能扛的时间肯定比五个月久。你放心好了。"

齐辰沉默着。他能听出来，弟弟是在安慰自己。

"我相信你。"齐野说，"我相信在这五个月里，你一定能找到新的投资方。"

"嗯。"齐辰应了一声。虽然简短，但已经足够了。他明白，弟弟将自己的性命交付给了他的努力。

挂掉电话，齐野虚弱地瘫倒在床上。

李医生给他的左手上好药，重新戴上防护手套。他尝试着握了一下左手的拳头，感到手心软软的，使不上劲。不过还能敲打键盘。

绿菌蔓延的速度确实令人惊心，最近，他甚至在梦里都看到了绿菌的影子。它们在黑暗的梦境里呈暗绿色，细长、柔软，飘带般游走，像海底岩缝中的水草。它们一次次接近他、纠缠他，试图与他融为一体似的，又像是充满表达欲，仿佛有一亿个故事与他分享。这种感觉，很像九岁时的一次濒死体验。那天他放学回家晚了，独自走了一条不常走的隧道，遇到了塌方，头顶的石块轰然落下，像一场瓢泼大雨拍在他身上。那个瞬间，短暂一生的回忆向他涌来，迅速在他脑中一一闪过。还好，那天齐辰突然神奇地折返回来，将昏迷的他送到了医院，这才救回了他的命。

"现在的自己，或许正在经历缓慢的濒死吧？"齐野这么想着，但他没有向任何人透露自己的心情。

他将手机举到脸前，给公司的技术总监发了一条消息："运算量超载的原因找到没？"

"还没……近期我们并没有发现释放大量意识波的用户。"

"叫上公司最好的安防工程师，好好查一下。这很重要，可能会成为重大隐患。"他说。

"好，明白。"

"对了，这个情况先不要告诉齐辰。"

"好……"

现在他唯一能做的，就是守好公司内的战线，好让齐辰心无旁骛地应对外界的一切。

三

"我还在开会，大概还有半小时。"

一条消息从齐辰的手机里弹出，这是他这周约见的第五个投资人——KIMO。

"好，我已经到客空间了，等你。"

他回复完消息，将头靠在椅背上，闭上眼，一边缓慢地呼吸，一边在脑海中整理将要说的话。消毒液体从低矮的半圆形灰色穹顶无声地流淌下来，阴暗与潮湿一如既往地笼罩在房间上空。据说，地球上空的大气层距离地面有 6400 公里，那该有多高呢？齐辰向天花板伸出手臂，他修长的手指几乎快碰触到穹顶的边缘。他眯缝着眼估量天花板最高点的高度，大概2米吧。自从200年前人类被迫转向地下发展，地下堡垒最高的天花板就是5米。盾构机往地壳深处挖出一个又一个半圆形的空间，越挖越深，但天花板的高度再未变过。

他望着手指与穹顶间之间的虚空，突然感到一阵忧伤，像一名初见世界真相的少年。

他想起他和齐野十二岁的那一天，他们从家里的储藏室中翻出一台曾祖父留下的星空投影仪。这是来自人类黄金时代的珍贵玩具，不知为何被禁忌般埋藏在杂物中。两个男孩飞快的组装好，关掉房间里所有的灯，静静地看着星星点点的光亮投射在四周的墙壁上，那是温润的，让人安心的光点。他们处于这些光点的包围之中，一时失去了空间距离感，仿佛置身于没有边界的宇宙。这种震撼让两个男孩说不出话，安静得能听见彼此的心跳声。他们的呼吸声与血液流淌的声音交融在一起，汇聚成一条散发温润光芒的银河。他们深刻地体会到彼此的震撼与感动，所有的感官体验都仿佛放大了一倍。

许久，齐野转过头，对他说，"辰，我觉得这个世界上再也没人能像我们这样，清晰地，明确地感受到对方了。"他眨了眨眼，他的眼睛是夜里静静守候的猫的眼睛，穿过黑暗发出坚定干净的光。

"是啊。"齐辰说，"我们的父母也好、老师也好，地下堡垒的每个人都看起来都忙忙碌碌，明明身处同一个屋檐下，却总也看不到别人似的。"

"如果每个人都能像我们一样感受到彼此就好了。"齐野说。

这是两位十岁少年的愿望，也是他们创立融星最初的愿景。

KIMO 到了。她穿着一件嘻哈风长卫衣，远远地看到齐辰，便热情地打了招呼。

她嘴里含着口香糖嚼个不停，坐定后，直截了当地说，"开始吧，别让我觉得无聊。"KIMO所在的投资机构，是业内最特立独行的，乐于投资新鲜有趣、具有独特性的产品，近两年间几家独角兽公司他们都参投了。如果能让他们发生兴趣，对融星的未来将有很大帮助。

因为刚才的一段儿时回忆，齐辰有点儿感性，便由着这股感性的情绪带着他说起来，"我们创立融星，是为了构建人与人之间的精神纽带。"

"精神纽带？"KIMO吐出一个泡泡，又很快吃回嘴里，看不出她是感兴趣还是不感兴趣。"现在是后互联网时期，对互联网的应用比黄金时代还要充分，我们并不缺乏沟通渠道吧，是精神少了，还是纽带少了？"

"没错。但就是因为信息和沟通途径随处可见，沟通和联结才变得廉价而表浅，早已远离了沟通的本质。"齐辰把控着语调的起伏，努力持续吸引KIMO的注意力。

KIMO又吹出一个泡泡，"该不会是什么无聊的社交产品吧？这年头社交市场已经非常固化，再有趣的社交产品，也就火个两星期。"

"当然不是，星空是基于整个人类神经网络分布的去中心化社群。"

"可别是什么换了皮的区块链金融产品。"KIMO又想吹一个泡泡，但没吹起来，她不由地翻了一个白眼。"这年头，一个二十几岁没有工作的年轻人，多半想象自己能靠投资实现财务自由。"

"都不是……"齐辰耐着性子说，"你体验一下融星的意识空间就明白了。"

"好吧。"

齐辰调节头环的松紧，将它固定到KIMO头上。KIMO终于停止了嚼口香糖。她看到一团短促的莹白色光线，流星般在黑暗的空间滑动、翻涌，像一群灵动的萤火虫。

"这些萤火虫似的东西，是什么？"

"那就是你的意识体的视觉化效果。"齐辰回答，"大脑的意识活动会产生神经元的活动，融星的意识空间将收集到的神经元电信号先转化成代码，再把不同明暗、颜色、方向向量等参数——对应到代码里，就有了意识的视觉化。当然，能有现在流动空灵的风格，还得归功于我们团队的设计师。"

"我又看到一团光亮，和我的不一样，像流星雨。"

"那是别的用户的意识体，每个人的都不一样。"

"好美，像星空。"KIMO 有些动情地说道。

齐辰忍不住露出一丝欣慰的笑容。当初他和齐野第一次测试融星时，也是如此为之动容。他们不知道为何而感动，却愿意久久地待在里面，冥想般凝视这一切，如同凝视同一片星空。

四

"都快一周了，让运算量超载的根源还没找到吗？"完成早上的激光清理后，齐野又问了一次技术总监。

"没……运算量飙升的量一直忽高忽低，好像没有规律可循。可是除此之外其他功能都运作正常，就像——就像意识空间进了一个幽灵。"技术总监扶了扶厚重的眼镜，一脸拘谨的为难，齐野知道他不是会糊弄工作的人，也不擅长开玩笑。说出幽灵这种话，说明他真的无计可施了。

"备用的服务器内存还剩多少？"

"200G。"

"先全开了吧，以防卡顿。"齐野说。他一向认为流畅顺滑是用户体验非常重要的一环，他不想因为任何原因损害用户体验。

"明明显示运算量超载，却找不到原因。幽灵？这个比喻很有趣，但齐野不会相信。难道是服务器平台的数据误报吗？"

齐野犹疑着，进入融星用户社区，检索今天的用户反馈。都是一些常规的留言，有表示对融星的喜爱的，有张罗着找人进行意识融合的，没人提到遇到不明情况的卡顿。这让齐野暂时松了一口气。倒是最近一个月的用户活跃度提高了不少，应该和绿菌入侵后大家都躲在家里有关。失去大部分正常社交，人们感到比往常更孤独了。

"谢谢融星，让我感到扎扎实实的联结感。"

这句用户留言让齐野心里淌过一股暖流。所有的努力都是值得的，他又对融星的未来充满了信心。

五年前，当他和齐辰抱着试一试的态度将融星推上线时，正是第一批用户的狂热鼓舞了他们。他们反复进入意识空间，一遍又一遍，就像从中得到了什么弥补。

随着用户量的增加，他们产生了新的想法，"如果把不同的人的意识体融合在一起，是不是就能直接体会对方的感觉了呢？"他们像少年般畅想，马上着手研究起人脑的感官通路和记忆储存方式。

最后，他们决定使用树状组织来粘合不同人的意识代码。树状组织未必是真实的人脑记忆机制，却是现有理论中最贴近人脑真实情况的模型。他们需要的，是一个有效的、可扩展的粘合方式。如此一来，不同意识体融合在一起，延伸变化出新的形态，仿佛黑暗中有一支自动行进的隐形画笔。他们可以一起绘制一幅画，或者一起塑造一座雕像，至于其他形式（例如文字）上的合作，就更不在话下了。

更重要的是，当意识融合后，融星将用户 A 的意识代码再转换成神经元信号返回用户 B 的大脑时，用户 B 将通过顿悟的方式，瞬间得知 A 的意识内容。

这就是他与齐辰最初想要达成的效果，自然的、高效的，并且发自内心深处（因为意识本身无法伪装）的交流。这种交流让用户们敞开心扉，毫无负担，也毫无保留。

完成意识融合功能，融星才可以说是真正诞生了。这之后，融星的用户越来越多，像一盏黑暗中的灯，吸引来一群荧光点点的萤火虫。

想到这里，齐野很是感怀，便戴上头环，任由自己游荡在意识空间里。一抹暗绿色的意识体出现在他的视野范围里。犹如他在梦里见到的。可反常的是，当齐野去点击它时，它显示不出任何用户的 ID[①]。只有一个可能，它不是从正规客户端进来的，客户端没有采集到它的用户数据。

齐野摘下头环，马上通知安全部门的同事，"启动最高层级的数据防护，融星可能被黑客潜入了。"

他迅速翻看用户社区，以掌握事态发展动态。一则前一天的用户反馈引起了他的注意："最近总有一条暗绿色的意识体跑到我附近，扭

---

① 身份标识号，身份证标识号、账号、唯一编码、专属号码等各类专有词汇的英文首字母缩写。

来扭去，想甩开都甩不掉，还没有 ID。这样正常吗，是 bug[①] 吗？还是因为我住院太久出现了幻觉？"

这话让齐野一个激灵。他又翻看了近一周其他用户的反馈，竟有一百多条都提到了暗绿色意识体，而且，他们全都是感染绿菌住院的病人。包括他自己。

"我觉得，那个暗绿色意识体，就是绿菌。"

看到这句留言，齐野心中一沉。他明白，事态的发展很快将超出可控范围。

五

摘下头环后，KIMO 又往嘴里塞进一块新的口香糖咀嚼起来，"确实不错。很有意思。如果用户数量足够多，那就是人类意识样本的最大集合地了。人类意识层面的直接协作也十分新颖。从长远来看，无论是出于研究还是应用，都是非常有意义的事。"

"十分感谢你的认可。"齐辰微笑着，努力掩饰无比兴奋的心情。这几乎是这一周里唯一的好消息。

"不过，"谁知 KIMO 话锋一转，"这是怎么回事，你得解释一下。"

她扬了扬手机，手机界面上是一条新闻消息："已证实，融星空间会传染绿菌！"

---

① 故障，程序错误。

齐辰忙打开手机翻了一遍那篇报道，并不严谨的行文，时不时就出现逻辑脱落，却足够博眼球，引来许多评论和转发。"这篇报道内容明显不可靠。大家都知道绿菌只有接触传播这一种传播途径，一定是谣言！"

"不好意思，不管是谣言还是真相，我们不可能投资一种令人恐慌的产品。"KIMO 的语气恢复到看不出意图的状态，"本来我还打算介绍一位神经科学家给你，让你们再好好探索下人类意识样本这个方向呢。"

"麻烦你还是帮我引荐一下吧。"齐辰努力保持镇定，"这两件事并不冲突，谣言只是一个需要处理的小波折，给我一点时间，相信很快就会解决的。"

"好吧，不管结果如何，就当我帮你一个小忙了。"KIMO 说着，发给齐辰一张叫作李岩的人的名片，"到时候你就说是我推荐的。"

齐辰从客空间出来，马上打电话给齐野想商议对策，电话那也却许久没人接。一股莫名的不安在他心中回荡，使他想起小时候齐野差点死掉那次。那时也是这样的感觉，紧绷的、灰暗的、窒息的，犹如黄昏中的一场溺水事故。他马上给李医生打了电话。

"李医生，我弟弟怎么样了，发生什么事了吗？"

"要不，你亲自来看他一下吧。"

隔离医院通常是不让人进入的，这句话的潜台词就是，这可能是最后一面。

齐辰立刻飞奔向医院。经过让人失去耐心的全面消毒，一层层穿戴上严严实实的防护服后，他终于得以进入病房。

他看到齐野平躺在床上，赤裸着上身，没有盖被子。他的整个右臂和右边胸膛都变成了淡绿色，身上好几处吊起维持生命的输液管，本就颀长的身形显得更单薄了，轻飘飘的，犹如一片飘零的叶子。

听到脚步声，齐野吃力地睁开了眼，"辰，是你来了吗？"

"是我……"齐辰走过去，颤抖着想要拉他的手，可是厚重的防护服无法做出抓握的动作。

"我知道你一定会来的。"齐野虚弱地说，"对不起，绿菌还是失控了。"

"没事。我知道你已经做了许多。接下来的辟谣工作就交给我吧……你好好养病……"

"意识空间里的暗绿色意识体，确实是绿菌。"齐野的声音因为过于虚弱而显得虚无缥缈。

"什么意思？你在说什么？"齐辰问道。

"你相信我吗，辰？我说的话也许匪夷所思，但能挽救融星，甚至能挽救整个人类。"

齐辰只用了一个深呼吸的时间，就做出了决定，"我相信你。"

他将耳朵贴到齐野的脸边，听他用气若游丝的声音静静吐出用生命换得的真相。

六

当融星社区开始出现暗绿色意识体是绿菌的说法时，齐野就知道事情会一发不可收拾。他一边提醒所有用户先退出意识空间，千万不要和暗绿色意识体融合，一边让负责市场的同事准备公关策略。

"无 ID 意识体的来源查出来没？"他又去问技术人员。

"没有……它们没有留下任何进入的痕迹，没有路径可循，也无法抓取它的底层代码……"

"混蛋，还真是一个抓不住的幽灵了？"齐野忍不住在心里骂了脏话。他凝视着自己意识空间里那抹绿色，它在他周围绕着圈、跳着舞，没有一点离去的意思，反而几次三番尝试着靠近他、触碰它，触发出了"融合"按钮。齐野决定选取冒险的做法，他单击了"确认融合按钮"。

那抹暗绿色的光亮迅速与他本人的意识体揉合在了一起，他感到一阵欣喜。他捕获了它，捕获了这个绿色幽灵。他还没来得及仔细感受这个绿色意识体的意识内容，就飞快地给同事发出指令，"快，现在分析我的意识体的底层代码！"

"这——这种代码语言从未见过，无法解析。"同事很快做出了回应。

"怎么会存在一种使用全新语言的意识体？"齐野想不通。但他强烈的感到，它有内容想要告诉他，就像趴在他耳边"咿呀"学语的婴孩。而下一秒，他的大脑皮层就受到汹涌的信息冲击。数量庞大的意象连续不断涌进他的脑海，完全停不下来。

他看到一个菱形的船在空中滑动，速度平稳，缓慢，像一只趁着气流滑翔而下的大鸟。但这里没有空气，只有虚空和无尽的黑暗。它坚定地飞着，坚固的翅翼无比宽广，仿佛可以承载一个星球。它穿越星辰，飞跃灼热的太阳，与危险的黑洞擦肩而过，在陨石雨中存活了下来，险些毁灭。当它看到一颗蓝色星球，驻足于它上空做观测时，突然失去了平衡，朝下俯冲。它的周身燃起大火，像一颗火球直坠黄褐色的大地。当火光消失殆尽，绿色菌体潮水般从飞船内部涌出，一点点蔓延开来，直到铺满大地。

"你是说，绿菌是外星生物？"齐辰一时难以置信。

"是的，而且是高等智慧生物。它们已经造出了超光速飞船，正在逃难。"

"逃难？"

"它说，银河系正面临星际融合。到时候，所有星球相互吸引和碰撞，整个银河系都会面临灭顶之灾。它们造出光速飞船，就是为了飞出银河系，寻找新的居住地。可是却发生了意外，坠毁在了地球上。而铺满全球的绿菌，其实一直试图从地球寻找援助，并向人类传达末日预言。可惜一直未能找到沟通的途径。"

"那它们是怎么进入融星的？"

"我不知道，但我确确实实，和它们产生了意识融合。这就是它们想传达给人类的全部信息。根据它们的预言，距离银河系发生星际融合，还剩 50 年。"

齐野缓缓闭上了眼睛，他剩余的一点力气也用尽了。他的大脑在一瞬间接收了太多信息涌入，沉重的负荷差点使他丧命。

这一切匪夷所思的程度超出齐辰的想象。但他相信齐野说的，这是他豁出性命换来的真相。现在要解决的，是如何让其他人相信。他想到了 KIMO 推荐的那位科学家，他或许能向公众解释清楚这一切是如何发生的。

"剩下的事交给我吧，你好好养病。"他对弟弟说道。

七

原以为会有一番波折，齐辰却轻松约到了这位全球顶级的神经科学家在咖啡馆见面。他苍老的面孔像经历千百年风雨的枯木，平和安详，不喜不忿。

"我知道你会找我。融星里出现绿菌的事我听说了，不仅是我，科学界的人都对你们很感兴趣。"

"那太好了。"齐辰诚恳地拜托道，"我需要你们的帮助。也许全人类已经危在旦夕了！"

当齐辰说完绿菌融合的过程和绿菌带来的预言后，老科学家的眼中露出久违的光泽，仿佛久旱的田地遇上了露水，但很快又黯淡下去。

"对不起，我帮不了你。"

"为什么？如果你们科学界的前辈一起向公众发声，人们一定会相信的，人类的命运只能依靠你们了啊！"

老科学家叹了口气，一副力不从心的样子，"绿菌能进入融星意识空间，应该和它们的生命形态有关。不同生物由于形态不同，意识的表现形态也不同，但拥有可相互沟通的底层意识，不是不可能的事。绿菌与人类的意识融合，这个过程不难解释。难的是，如何让人们相信宇宙中存在外星人，还是拥有高等智慧的外星生物。更别提相信星际融合这种末日预言了。自从人类转入地下发展，就再也不愿意出去仰望星空了。能理解星空和宇宙的人越来越少了，造出超光速飞船基本不可能。每个人都只低头盯着脚下的一亩三分地，大抵会抱着这种无聊的狭隘灭绝吧。这，大概就是人类的命运吧。"

老科学家站起来，转身离去的背影令人悲伤。作为一个渴求真理的科学家，他一定比普通人付出过更多的努力，也经历过更多的阻碍、更多的失望。但齐辰不愿意放弃。

"我们有证据，那艘飞船的存在不就是证据吗？"齐辰站起来，冲着那个正在淡去的背影喊道。"飞船里一定有更多他们种族的资料信息，说不定能找出治疗绿菌感染的方法。如果我们能得到治愈绿菌感染的方法，人们一定会相信我们吧！"

老科学家愣了一下，似乎被他的热忱所冲击。"你是想亲自到地面上去寻找那艘飞船？你想得太简单了，年轻人。且不说现在地下堡垒严防死守，封锁了所有能上去的通道。就算你上去了，就能活着找到它吗？"

"不是有两个微生物学家偷偷上去过吗？你们科学家肯定有自己上去的途径吧？"齐辰丝毫没有死心的意思。

老科学家斜睨了他一眼，似乎对被看穿秘密有所不满。但他更惊奇的是，眼前的年轻人对他的危险警告毫不在意，充满了鲁莽而坚毅的勇气。终于，他决定投降于这位年轻人的执拗，"确实有，是我们这些老东西借各种名目建的天象观测实验室。那里有一个开口，能够看到星空。两位微生物学家就是从那个开口出去的。但问题是，如果你上去了，地下堡垒还会允许你一个在绿菌中充分暴露过的人回到地下吗？你很可能上去就再也回不来了，你能承受这个结果吗？"

"能。我能承受一切后果。"

八

在齐辰执拗的请求下，李岩最终答应帮忙。齐辰只花了一天时间做准备，就请求李岩带他来到了天象观测的洞口。他无法再等下去了，融星没有时间等了。更重要的是，齐野也没有时间等了。

在爬出堡垒的那一刻，齐辰感到一种前所未有的空旷，空旷到使人对未知的一切感到恐惧。

他站在堡垒半圆形的顶端，瞭望四周。目之所及处，尽是一望无际的深绿。山脉和平原，都被一层绿色的平整的毯子遮盖了棱角，变得温润静谧，像刚下了一场绿色的雪。天空是淡蓝色的，一轮发着黄光的圆盘悬挂在空中，强烈的光芒使天空中的一切变得模糊，失去了焦距。齐辰情不自禁向太阳伸出手。他厚重的防护服隔绝了外界的温度，但他觉得冷。他觉得阳光是冷的。也许是因为周围的绿色太静了。

"野，我看见了太阳。"他通过意识空间向齐野说道。他头戴着融星的金属头环，他将用融星记录下这趟旅程的所见所感，这样，无论他是生是死，是否能回到地下，人们都将通过融星的意识融合，得知地面上所发生的一切。

"真好，我也感受到了，"齐野说，"阳光是凉的。"

齐辰迈开脚步，第一次踩在绿菌织就的地毯上，软软的，像空调房里一床冰凉的羽绒被。在上来前，他们已经从前人记录的陨石与不明物坠落物的资料中找到了飞船的准确定位——幸好还不至于远到地球的另一头。他拿出一个古老的坐标测量仪，按照李岩教给他的步骤定位了飞船的方向，然后发动了摩托车——唯一能通过天象观测洞口的交通工具，坚定地朝飞船驶去。

他不眠不休地行驶了两天后，看到一个庞大的边棱笔直的物体出现在地平线上，越来越大。他慢慢看清了它，那艘足足有三层楼高的菱形飞船，像一只搁浅的鲸匍匐在地，周身的铁甲被青黄不接的绿菌遮蔽，看不出模样，只有入口处的一扇门洞开着，像一直在等待着谁，寂寞了几个世纪。他小心翼翼地走入飞船内部，走入荒芜的控制室。一台超大的计算机竟赫然立在中央，犹如伫立了千年的神像。它硕大的屏幕中间时不时闪过一条水平条纹的光亮，像会说话的眼睛。

在计算机的底部覆盖了层层叠叠的绿菌，最底层的已经变得较黑，像枯萎的草，但仍然露出一个看起来是接口的孔洞。新的绿菌流水般爬过来，接到孔洞上，形成一条电线粗细的线。齐辰心领神会，拔下融星头环的一个接口，对接上绿菌们塑造的导线。

齐野那边接收到巨大的信息量，马上安排技术人员储存和转译。那里面是绿菌种族从母星逃亡时携带的所有文化与科技知识的精华。

"我们做到了。"齐野说，难以掩饰的激动。

"是啊。这次依然是靠那股力量。"齐辰说。

"嗯。信任与勇气的力量。"

九

当兄弟俩从绿菌的资料库中研究出了有效的清退绿菌的方法时，人们不得不相信了绿菌的末日预言，在惶恐中开始建造超光速飞船，筹备星际迁移之事，就像绿菌种族做的那样。这是他们唯一的出路。

迁移的那天终于到来了。人们一个一个从堡垒里走出来，穿着笨重的宇航服，太阳穴上贴着升级版的融星头环，逐一进入舱内。最靠近太阳的人和最靠近地面的人的意识都在融星里相互融合，同一种情绪在空间里流转，那是离别的思念与痛苦。

转眼间，地球被甩在了他们身后，成为一颗蓝色球体，就像纪录片里播放的画面一样。完整的星空展现在人们眼前，绚丽壮美，令人倾心。那是真正的星空。

随着飞船速度的提升，所有的星星飞速地后退。后退，后退，最终汇聚成了一条璀璨的银河，与他们渐行渐远。而人们的前方，是无边的未知黑暗。

面对浩大的孤独，很多人落下泪来。与此同时，在人们迈出银河系之时，一股清亮的白色意识体流入意识空间。人们不知道那是什么，也许是更为高级的宇宙智慧。他们欣然接纳了它。

一股温暖而有力量的意识涌入人们的大脑，温柔地包绕着他们，向他们述说起这个世界最古老的故事，关于宇宙的诞生、演化和存在的因果。

那一刻，每个人仿佛看到了宇宙的答案。

请问这是你掉的人格吗

叶零

那个女人踮着脚，伸出细长的手臂拉开那道厚重的深蓝色窗帘。刺目的白光和灰尘一齐向叶零扑来，他一阵恍惚，仿佛坐地铁时被毫无准备地从地下抛上了地面。

整个房间被日光照亮，空间好像比平时大了一倍。一些平日里不曾注意的细节一块儿展现在他眼前，使他感到陌生。手边每日使用的保温杯、屏幕和键盘，都变了模样，像是别人的东西。他蜷缩在椅子上，不得不眯起眼睛，重新适应这个他待了一年的实验室。

"你还好吗？"拉开窗帘的女人转过身来，拍手抖落手上的灰尘，"晕眩症又发作了吗？"

她轻言细语，脸上是母亲般善解人意的关切，但这不足以让叶零信任她。他不能理解，就算她是一名心理咨询师，为什么就能擅作主张地追到他的实验室，还擅作主张地拉开他从来不拉的窗帘。

"我没病。"叶零发觉自己的声音十分沙哑，喉咙干涩紧绷。他已经在计算机前持续工作了一天一夜，没说一句话，也没喝一口水。

女人从容地从提包里掏出一份文件，放在他面前，"你看看这个吧。你得了 PTSD（创伤性应激综合征），症状是晕眩症和选择性遗忘。我们签过治疗合同，药物治疗加一周一次的谈话治疗。如果你因为忘记没来，就得我来找你。"

叶零翻了一下那份合同，签名处确实是他的字迹，而且还签了两次，两次后缀的日期间隔了一周。是他的作风。

"你还好吗？"心理咨询师又问道，"还能继续吗？你要是觉得不舒服，可以先休息，我明天再来。"

"不用。"叶零隐约记起，因为他的晕眩症，咨询中断了好几次，又重新开始了好几次，这让他备受折磨，疲惫不堪，只想尽快结束。他在签名处签下第三个名字和当天的日期，"我们继续吧。"

咨询师环顾了一圈这个房间，从另一张桌子下抽出一把椅子，坐在叶零的书桌对面。这个房间只有两张桌子，一台打印机和一个饮水机，像个极其普通的办公室。书桌一角的纸和笔干干净净，饮水机上方两只倒扣的绿色杯子上覆了一层灰尘，好像除了两台硕大的显示屏和"嗡嗡"作响的主机围成的一小方空间，这间房间的主人不曾踏足其他地方。

"这就是你的实验室啊？没什么特别的嘛，你在家也能工作吧？"心理咨询师说道，不知是单纯的好奇，还是只想找个话题开始一段谈话。

"计算机配置不一样。"叶零的话少得可怜，每一个字都是一颗好不容易掉落的豆子。

"唔，你们做人工智能的，确实需要大点的屏幕。"心理咨询师的附和让叶零觉得烦躁，他不明白他为什么要接受一个外行人侮辱式的谈话。

"是对性能的要求高。"叶零忍不住纠正道，"另外，我的职业是数据分析师。"

"是这样啊。"心理咨询师轻轻点了点下巴，收回了探查的目光。"最近感觉工作如何？"

"和原来一样。收到数据，选算法、选模型，然后导入数据运行模型，再导出数据做对照分析。"叶零对这份工作的描述十分苍白，但他其实挺喜欢自己的工作的。他喜欢让身体里的全部血液都集中在大脑，像一台精密的机器一样按照固定节奏运作，其他什么都不用想。

"睡眠还好吗？会失眠吗？"

"没有，还好。"叶零想，这种常规的询问毫无意义，他基本上一闭眼就能睡着，不用闹钟就能准时起床，每次醒来的时间与闹钟的误差不会超过 10 分钟。

"那，还会常常想起她吗？"

"谁？"

"李颜，你的老板。"

"噢。"

他当然记得李颜，他就是在她的神经科学实验室做数据处理。

他在每周一次的组会上会见到她。她经常穿一身素色的长裙，头发齐肩，偶尔扎在脑后，额前的刘海总是乱乱的，好像没照镜子就匆匆出门了。她的脸颊肉肉的，笑起来时有两个酒窝。她总是在组会时坐在靠窗的一把靠背椅上，双腿交叠，翘着脚，一颠一颠，好像坐在摇摇椅上。她看起来听得漫不经心，不时伸手在空气中划拉一下，吐出一两句简明扼要的评论。她的手指细长洁白，每次伸向空中，都会劈开一小团空气。

实验室的成员都是心理学专业背景，只有叶零是机器专业过来的。领域不同，他很少能说得上话，但他每次都准时参加，从不早退。他通常会坐在会议室的一角，一声不响，专心致志地盯着斜对面的李颜。她发亮的指尖令人愉悦。

"现在一天会想起几次呢，那个画面？"

"什么画面？"

叶零刚说完，一股不太愉悦的、黏糊糊的、晦暗的感觉便涌进了他的大脑。一个浑身青紫的人，脸朝下趴在地面上，手臂和腿扭成奇怪的形状，像被折碎的玩偶。从身形能看出那是个女孩，不长的披肩发盖住她的额头，头发下是一片模糊不清的血色。

叶零心中一紧，瞪大了眼睛。他急切地想知道女孩的命运，但无论如何也想不起后来的事了。

"她还好吗？伤得严重吗？"他问道，抽动着嘴角。

心理咨询师叹了口气，"她死了。"

他呼吸急促，头晕目眩。晕眩中，一道强烈的白光向他逼来，迅速吞没了他的意识。

章毅

那个女教授死的时候，章毅只是远远地看到地上一个焦黑的身影。他不明白，为什么学校非要给他安排心理疏导，他又不是学校里的学生。而他的办公室抽屉里竟然有一份协议，写着他自愿接受关于 PTSD 的治疗。

他实在想不起来自己是什么时候签的这份协议，最近他忙得连轴转。那天晚上去咨询前，他刚处理完公司里两个同事的离职事宜。离职这件事对于一个公司来说司空见惯，但自从女教授死后，却变得敏感起来，也让剩下的员工变得消极和懈怠。公司刚创立的时候，每个人都信心满满，干劲十足。这些人来面试时都从眼底流露出欣喜与崇拜，如今却一个个急着离他而去。他的资金链也断了，最近他花了很多时间在外面东奔西走，参加各种可能遇到潜在股东的行业交流会。却总有人在这种最需要脸面的场合，不合时宜地问起最近他们公司的那场事故，也不知是纯属无意，还是阴阳怪气。他也只能觍着脸回答：李教授的死是一起令人遗憾的事故，但这并不影响我们公司的主线业务，我们的产品依然在有条不紊地推进。就在他完成一天的社交，在下班前最后一小时回到公司办公室打算处理那两份离职申请时，在入口处听到了员工们的窃窃私语。他知道他们在背后说什么，他们说他无能，是靠女教授撑起整个公司的。他知道。

当那个看上去善解人意的女心理咨询师问他最近有没有什么压力

时，他的脑子里尽是这些混账事，但是他深吸了一口气，说："今天公司有两个员工离职，不过我已经处理完了，不是什么大问题。"

"是吗？你怎么处理的？"

章毅露出一丝故作轻松的微笑，"按常规处理。"

"可以和我说说吗？"

"就是些常规流程，与他们谈了留在公司可能看到的前景，你也知道，我们公司的产品是心理学行业最有前景的应用类产品，它将推动人工智能领域革命性的发展，将给普通人的工作效率带来质的提升……总归我说了我该说的，剩下的就是他们自己的选择了。我不能替他们做决定。"

说完，章毅朝她摊了摊手掌，表示这件事实在微不足道。

"那么，你们公司的产品和其他人工智能产品到底有什么区别呢？"咨询师轻描淡写地问道。

"有质的区别。"章毅就像面对同行一样开始了他的长篇大论，"现在人工智能领域关注的重点在问题解决和迁移学习上，但他们不愿意面对的事实是，计算机的算法和人类大脑的算法有着质的不同，人类的意识是非计算性的、非逻辑的。所以他们所选的道路，无论再怎么努力，都是死路一条，没有前景。人们从几十年前就在编写机器有了意识，醒来统治人类的故事。但事实上，按照他们的方法，根本不可能有这么一天。他们的方法，只能造出某种细分领域足够高效的重复劳动的机器，不可能达到人类这样多任务并行处理的高效工作能力。只有我们，全球只有我们一家，具备制造出真正的人格化人工智能的能力！"

"可是，我们为什么需要足够人格化的机器人呢？"

"你这个问题问得很好。"章毅伸出一根食指指着她，仿佛自己正站在十米宽的演讲台上，面对一片黑压压的人群演讲。这是他幻想过无数次的场景。

"人类创造机器，归根结底是为人类自己服务。在这个充满人类的世界，只有使用和人类一样的运作方式，才能更高效地为人类服务……"

他高声阔论的演讲，被咨询师的下一句问话打断了，无情的，像一根突然掰断的冰柱。

"李颜教授的死对你们公司的影响很大吧？"咨询师说道，脸上似乎写满真诚的关切。

章毅不得不中断演讲，不悦地将背往后一靠，换了另一套措辞。

"可不是。"章毅露出一个无奈的表情，就像他面对行业里其他问起这件事的人，"不过李教授研发的这项技术已经落地了，我们的产品已经在布置工业生产线了。"

"那你本人呢？你怎么看待她的死？"

章毅没做过心理咨询，但总觉得她在试探什么，不过他当然不会被这种小场面难住，他连眼都没眨就想好了措辞。

"李教授是既风趣又有才华的人，我第一次见她是在一个小型读书会上，当时就对她言谈中显示的才智十分钦佩，她的死确实让我很难过，但越是这种时候，我越要把公司好好运作下去，这样才不会辜负李教授生前的努力。"

没办法，他必须扮演一个强健的公司的 CEO^① 的模样，不能显出半点慌张或没底气的神情，即使每个人都知道他的公司发生了什么。

"你觉得她是个什么样的人呢？"

"我刚才说了，不拘小节，风趣而有才华……"

"后来呢？"

"什么后来？"

"她是你的技术合伙人，你们肯定不会只见过一次，在一起工作后，你觉得她是什么样的人呢？"

他用手抵住下巴，似乎陷入了回忆与沉思，"李颜的确是个让人印象深刻的人。"

"如何深刻？"心理咨询师刨根问底。

"她是一个不拘一格的人，听说她讲课从来不按课本讲，却很受学生的喜欢。正是她的这种性格和对创新的追求，我们才有了合作的基础……"

心理咨询师似乎看穿了他的回避，说道："没关系的，在我这儿你可以放心说，我不会向其他人透露我们的谈话内容的。我问这些问题，是想了解，你对她的态度里是否有什么特殊的地方，使你那天在她尸体十米远的位置晕倒。"

"晕倒？"章毅吃了一惊，他不记得有这回事。

"所以，可以和我说说她在你眼里是什么样的人吗？"

"思维敏捷，逻辑严密，不拘于外表和形式……"他絮叨着，不知

---

① 首席执行官（Chief Executive Officer，CEO），职位名称。

道自己在说些什么。

"章毅先生，我觉得，你可以更放松一点，多信任我一点点。"心理咨询师突然调转话头。

"当然，当然，我肯定是信任你的。"他应和道。

"我是指，真正的信任，不戴面具的。如果你不能真正放松下来，放松到真实状态，我们的谈话就会一直很空洞，不会有进展。"

"我没有面具。我这个人，没什么别的优点，就是坦诚。不管是对合作方还是对用户，我们都坦诚相待。"

"我很理解，你需要表现出职业的一面，但你对我大可放心，不需要继续戴着面具。"

"我说过了，我没有面具。"

章毅不算完全在说谎。毕竟对于他这样的人来说，面具就是长在脸上的器官，摘不下来的。

周璐尔

"其实，李教授最后一次来给我们上课时，我就有预感了……"

对面的女学生低着头，神色哀伤。周璐尔知道，她将进入一段并非真实的、经过大脑修饰的回忆。

"噢？怎样的预感呢？"周璐尔努力保持着和善的面容，使自己像一个最好的倾听者，眼睛却忍不住时不时瞥向桌子一角的闹钟，期待着它响起来。

这是今天最后一个来访者，周璐尔已经疲惫不堪了。平时门可罗雀的心理咨询中心，因为一位女教授的死变得忙碌起来。一个普通的星期二，那位叫作李颜的教授从 H 大图书馆十九层掉下来，落在人来人往的图书馆大门前的大理石地面上，浑身青紫，死状可怖。这个画面在很多目击者的脑中挥之不去，成了需要被驱散的阴影。这个心理咨询中心几年前就与学校有合作关系，就在挨着 H 大学的写字楼里。这一周周璐尔已经接待了不下十位 H 大的学生，从不同的来访者处听到四次对这个画面的描述。但让她觉得奇怪的是，很多并未亲眼目击的学生，也来咨询了，比如眼前的这位女学生。

"那天我看到窗外山的颜色很暗，山上盖着灰色的云，非常低、非常阴沉，我当时产生了一种莫名的绝望之感……"

周璐尔的推测没有错。尽管只去过 H 大几回，但她清楚地记得，H 大主教学楼的窗户东西方向对开，而山在教学楼的北面，不可能从窗户看到。"就用认知矫正吧，"周璐尔心里盘算着，"等她说出了全部的回忆，再告诉她和事实不符的地方，戳穿她虚假的记忆和情绪。"

"那她本人有什么异常吗？"她接着引导女学生。

"她没有平时上课那么奔放随性了，像藏了心事。就像……失恋了。"

"她还没结婚？"虽然每天周璐尔都能从窗户看到他们学校的教学楼，但除了偶尔去他们图书馆找资料她极少去，对里面的人情世故和八卦传言一概不知。在周璐尔的印象里，三十岁的女教授，大多是结完婚而且有孩子，过着安稳生活的女人。

"李教授这样的人，怎么可能结婚呢？"女学生争辩似的脱口而出，口吻中满是对一个偶像的崇拜与幻想。

"那你是怎么知道她在恋爱的呢？"周璐尔温柔地问道，尽量使自己的口气不像一个质疑者。

"大家都知道啊。"女学生说起另一段从别人口中获知的，并不准确的桥段。据说，曾有人看到李颜在学校食堂和一位男子吃饭，他们一边吃，一边激烈的讨论，听内容像是在讨论人工智能、数据模型什么的。据说，他们讨论得非常激烈，几近吵架，但两人从餐厅出来时，却喜笑颜开，和好如初。

"只有恋人才能这样吧，一会儿好，一会儿不好。"女学生总结道。

"那你为什么说她失恋了呢？"

"李颜死前，有人看到她又和那个男人走在一起，他们一块儿坐了图书馆的电梯，按下了 18 层。"

"李颜不是从 19 层天台上掉下来的吗？"

"对对，是按下了 19 层。"女学生连忙纠正道，"这次在电梯里，两人不吵不闹，相互间至少不对视。当一对恩爱情侣不吵架的时候，问题就十分严重啦。再加上她那天来上课的神情，肯定是失恋了。"

一颗晶莹的眼泪滑过女学生年轻的脸颊，"最近我总是睡不着，夜里翻微博看以前给李老师拍的照片，一边看就一边想，如果我早一点发现，问问她发生了什么，安慰安慰她，也许她就不会因为想不开而跳楼了……"

周璐尔本打算戳穿她虚假的记忆，但女学生显然陷入自己想象出来的情绪中了，并且沉溺其中，一副很享受的样子。这是她这个年龄的孩子常见的幻想，他们需要一些幻想出的激烈情绪刺激自己，从而获得存在感。恐怕这时候戳穿她，效果反而适得其反，等她幻想的劲头过了再说吧。于是周璐尔顺着女学生哀伤的心情，抛出劝慰的话，"这不是你的错。你只是在为自己什么也没做而愧疚，但这真的不是你的错。"

解放她的闹钟这时候响了起来。周璐尔匆匆说完结束语："回去记得按时吃药，一切都会好起来的。"

女学生点点头，起身离开了，留下一个哀哀凄凄的背影。

周璐尔总算松了一口气，收拾完东西，准备下班回家。这时候同事萱走了进来。周璐尔以为她只是利用下班时间来跟自己打声招呼，一抬眼却见她眼神严肃，面带面对来访者时才会有的那副温婉的面孔。

"还不下班？"周璐尔问她。

"嗯，还有一个来访者，不知道今天会不会来。"萱说着，自顾自坐在了周璐尔的对面，那个地方通常是来访者会坐的位置。

"你接手的重症 PTSD 很麻烦吧。"萱是 PTSD 领域的专家，参与过许多灾后心理重建的大项目，这次因为李颜的跳楼事件被咨询中心特地聘来。

"是啊，他们很难主动来接受治疗。"

"你负责几个？"周璐尔问她。

"三个。这周已经见了一个做人工智能的博士后，一个科技公司的CEO，都不是好沟通的对象。"萱抱怨了几句，接着说道："你呢？今天的工作如何？"

"一天的时段全排满了，累得要死。听了很多版本对李颜死亡现场的描述。"

"信息在传递过程中失真了？"

"是啊，失真得也太厉害了。有人说李颜掉在地上后变成了紫色，也有人说李颜掉下来时身上着火，像一颗燃烧的小行星。总之，说法各种各样。肯定有许多脑补的成分……"

"没办法，她的死因现在还不清楚，警方也不好随意给出结论。"

"这个阶段只能听他们倾诉，听得我着急……"

周璐尔的话还未说完，脑子突然被一个强烈的画面攫住：青紫的皮肤上布满爆破的血管，一双圆睁的眼睛，露出黑白分明的眼黑和眼白，眼睛之下的脸没了，只剩一个大洞，不断流出红色与白色的液体……真实的恐惧感袭上心头，仿佛她自己也是目击者之一。

"你怎么了？不舒服吗？"萱问她。

"我刚才也看到了那个画面了，好真实，就像直接从我脑袋里冒出来似的……"

"你冷静一点，恐慌和口口相传的细节，会让没见到过的人也产生虚假记忆。"

"我知道，我知道……"

"你先坐下，喝点水。"萱用一次性茶杯给她倒了一杯温水，将她扶向来访者躺的躺椅。可是那个画面还在周璐尔的脑中肆虐，并且越来越清晰。

李颜死时的画面持续在她的头脑中变化，有时是一摊血水，有时是一堆被烧透的焦炭。想象中那一声怦然落地的声响，仿佛一块坠落的石头，在时间之网上砸出一连串通往过去和未来的震动。她已经从来访者的反应中看到了不少未来的震颤，也听到不少过去的回响。

她从学生来访者那儿获知的关于李颜的信息，一点一点在她脑海里拼凑出一个完整的形象。她看见李颜从实验室跑出来，疯跑进教学楼，不顾形象地，踏着上课铃声冲进教室。她抬手捋了一下额前的碎发，台下的学生都睁着亮晶晶的眼看着她，饱含爱慕与期待。画面中，李颜的五官模糊不清，只有一个清浅的微笑。她意识到，她想象不出李颜五官的细节。于是她在学校官网上搜索李颜的名字搜到了一张她端正的证件照，还有一张不知是她参加什么活动的集体大合影。她在那张证件照上板板正正的，没什么表情，那张大合照只有角落里一张很小的脸，还被前面人的头发遮了一半。这些形象都和她想象中的李颜有差距。

她想起那位女学生来咨询时，说过曾经给李颜拍过照。仿佛鬼使神差一般，她竟上微博搜了那个女学生的名字，没想到很顺利地搜到了头像是女学生自拍的账号。周璐尔点了进去，往下翻了一年才找到女学生说的那张照片。

照片里，李颜站在讲台前，一只手随意地撇向一侧，眼睛笑得眯起来，好像在讲一个小笑话。还有一张是李颜背过身去，向上伸直手臂指着后面的 PPT 投影。她的身材属于瘦小型的，被收腰连衣裙裹着的上半身显得玲珑可爱，姿态也相当随性可爱。这就很接近她想象中的李颜了，周璐尔想。

当她保存这两张照片时，她被自己的举动吓了一大跳。她这是在做什么？她从业八年，一直认真谨慎，恪守一个心理咨询师的职业操守，从未在自己的生活中主动关注或联系过一个来访者，现在她却像个傻子一般在追踪来访者口中提到的一个人？

说起来，李颜和她年龄相仿，虽然在她公司旁边的教学楼里从事着和她同属一个学科不同门类的工作，却是性格与她完全相反的人。李颜是活跃的、直率的、闪耀的，一出现便是众人眼中的焦点。周璐尔却是从小安静沉默的孩子。她的沉默不是因为对外界没兴趣，而是因为过于谨慎和多虑。她在几个亲戚家轮流居住长大，从小就懂得观察大人们的表情，在合适的时间小心翼翼地说出合适的话，并努力在这种寄人篱下的生活中保全自己。高中时，她喜欢上一个男孩，便整日揣摩着他的心思，在爱情中的患得患失使她过度在意别人感受的习惯加剧，从而导致了第一次情绪障碍的出现。那时候她自然没钱去做心理咨询，为了自救，她拿起了心理学书籍。当她正式接触心理咨询时，被导师认为共情能力极强，具有成为心理咨询师的天赋，而后来，她也的确取得不俗的成绩，成为国内叫得出名的心理咨询师中最年轻的一员。每当有人问她是如何走上心理咨询的道路时，周璐尔就会在心里苦笑，不过是一个沉溺于人类潜意识的世界里无法走出的人。如果可以选，她何尝不想成为一个想说就说、想做就做，不用时时顾虑别人的人呢？

"是投射吗？李颜是她心中渴望却不能成为的人的投射？"意识到这点后，她忍不住嘲笑起了自己："都三十多岁了，还没与自己和解吗？还在强求不可达成的人生愿望吗？亏你还是一个心理咨询师呢。"她在心里挖苦完自己，退出微博，去冲了一个冷水澡，睡觉了。她做了一个轻飘飘的梦，有春天海棠花的味道，还有少女的青涩。她醒来时觉得轻松了很多，以为自己已经放下了李颜，可当来咨询的学生再次提到李颜时，她的心"咯噔"一下，漏了一拍。

这次来的是一个研二的男学生。他比其他人更加忧愁，不像是之前那位女学生虚假的忧愁，而是实实在在的忧愁，因为他的毕业论文导师就是李颜，现在李颜死了，他的论文写到一半，无人指导了。

"不能找系里其他老师吗？出了这样的事，学校会有另外的安排吧。"

"那就意味着，论文得从头再来啊。这个领域国内只有李教授在做。"男学生苦恼地搓揉着自己的头发。

"什么领域呢？"

"多重人格患者不同人格的脑部决策倾向。"

对于多重人格，周璐尔曾经接触过一例，他们就像夸张的演员，每换一个人格都有完全不同的演绎。她曾经有两年时间持续与这位患者对话，记录他每个人格全然不同的过往经历和行为性格特征。没想到李颜也在做这个领域的研究，只不过研究方式与她不同。原来李颜与自己的距离并没有那么遥远，这个发现让她觉得有些宽慰，但随即就自我警惕起来。她明白，她对李颜的投射依然没有消失。

"这个课题值得研究吗？不管拥有哪一种人格，做出决策的生物反应过程也和正常人一样吧？"周璐尔话一出口就后悔了，这话似乎不太礼貌，甚至有点儿冒犯。

"不是的。"男学生解释道，"多重人格患者不同人格的脑波是完全不同的，就像小孩和大人的脑波之间的差异一样。李教授最出名的一篇论文，就是用脑电实验证明了这点，她可是这个领域的开拓者啊。"

"噢……原来如此。"周璐尔心虚的回应道，也不知自己为何心虚。

男学生走后，周璐尔打开学术网站搜了李颜的论文。她引用量最高的几篇论文全是关于多重人格的。她津津有味的读了几篇，脑电分析的部分她不太懂，但李颜对结论的论述逻辑缜密，又不乏精妙有趣。她读到的最有意思的结论是，多重人格患者多个人格的能力总和大于统一人格的能力。她想起她的那位多重人格病人，五个人格也具备不同的技能。两年的咨询治疗使他的五个人格逐渐整合，新出现的那个整合人格却在单个人格擅长的技能上表现得很平庸。她曾经注意过这个现象，但未曾深思，更没有像李颜这样将它作为一个普遍现象去分析和理解，也写不出这样精辟的论述。

周璐尔心满意足地关上网页。她只知道李颜死前的公司是做人工智能的，那个合伙人CEO到处宣扬他的新潮人工智能理论，使这家公司听起来像是一个骗钱的神棍公司，没想到李颜在学术领域的成就如此前沿和具有开创性。这样的李颜，怎么会和那种轻浮的人搅在一起呢？

萱又在下班时间来探访她，松弛的拉家常般地询问她最近如何。

"还经常看见李颜死的画面吗？"

"是啊。太奇怪了。好像被传染的幻觉越来越严重了。只要我稍微分神就会冒出来，想要去控制它、压制它，反而更加清晰地出现在我眼前。"但说实话，周璐尔现在并不怎么为这些幻觉烦恼，出现次数多了，也就不觉得有多恐怖了。

"是不是因为控制得太用力了，反而适得其反？就像失眠的时候越想睡就越睡不着。"

"或许是吧。"

"要不要吃点药？辅助一下。我帮你开点。"

"嗯，谢谢你啊，萱。"

"可以问问，你是怎么看待李颜的吗？"萱突然问她。

"怎么突然问起这个？"周璐尔感到耳朵根火热，仿佛被看穿了心思的少女。

萱笑了笑，轻描淡写地说，"大概是因为，最近听她的事太多了吧。"

周璐尔顿了顿，"我对她了解的也不多，也没见过她。"

没想到萱说："她应该来过我们这里的吧，你不记得吗？"

"什么时候的事？"

"一年前吧，我查过记录，她来我们这里要过病患的档案。"

"她要这个干吗？"

"大概是给她的实验找被试吧。"

周璐尔查了查咨询中心的档案出入记录，一年前，李颜确实以脑研究实验室的名义调取过一份多重人格障碍患者的档案。多重人格的患病率并不高，全国范围内也不一定找得到二十例。她调走的，正是她花了两年时间记录和整理的那一份。周璐尔的脸"腾"一下全红了，心脏紧巴巴地收缩在一起，再舒张开时，她感到释放出的血液是甜的。

叶零

"你得接受李颜的死。"心理咨询师的声音反复在叶零耳边回荡，"这是疗愈必须走出的第一步。"

"你听我说，李颜已经死了，她不在人世了，她消失了……"

"她消失了。发亮的指尖消失了，浅浅的酒窝也消失了，它们化为一堆扭曲的骨肉，那已经不是李颜了，只是一堆骨肉。后来这堆骨肉也化为了尘埃……李颜永远从这个世界上消失了。"

叶零掩面，缩在椅子里失声痛哭起来。

在接受李颜死亡现实的第一天早上，叶零睁开眼睛，房间里一片漆黑，床头的闹铃许久未响。

窗帘缝隙里透出晨曦微弱的天空。再过两个小时，躁动不安的空气便会笼罩城市上空，顺着早高峰的通勤，填充每一颗空洞脆弱的心灵。在这座城市里，有许多方式可以纹饰自己的空洞，目标、理想、好看的皮囊，或看似独特的个性。叶零一样也没选。叶零从来不在意扮演一个索然无趣的人，一个空心人。他最有安全感的时刻，便是藏匿在人群中之时。

每天早上，他带着降噪耳机，顺着人流登上早高峰的地铁，觉得自己是汪洋中的一条鱼，周围蠕动的人群是流过他身边的洋流。大海最大的好处，就是它足够大，大到每一秒在它身边流淌过的水滴，都不会是同一滴。叶零的人生理想就是湮没在无人认识的海洋中，与周围的任何人都不发生交集，不受任何人打扰。当他遇到李颜时，情况却变了。她像一束在固定时间出现的洁白光束，让他心生向往。李颜之于他，不是随便一滴水，而是一座灯塔。

初次见到李颜，是去她的实验室面试数据分析岗位。她纯洁的目光凝视着他，仿佛亿万年前的星辰之光。在听完他拙劣的自我介绍后，她问：

"你会做数据模型吗？"

"会。"

"会写软件吗？"

"没特地学过……但应该会。"

问完这几个问题，李颜快活地从椅子上站起来，说："跟我来。"

他被李颜领到实验室中为被试准备的一个房间。在那间只有一扇小窗的房间里，一名被试坐在椅子上，头戴一顶软皮白帽子，帽子上连着数十根电线，这些电线瀑布般从被试头上披下，流到地面，又连接上一台长方形的机器。这台机器又用电线牵着，接到了隔壁房间的计算机。那台一看就属顶配的计算机屏幕上显示出多段曲折纠缠的波形，变换着叶零无法理解的图案。

这是叶零第一次见脑电装置，事实上他来这里面试前从未接触过任何专业心理学知识。他只是策略性地给所有招聘数据分师的实验室投了简历。作为数据分析博士后的他，不想再做本专业的学术研究，只想做些应用类的工作。但是大多数科技类公司并不长期需要一个博士后段位的数据分析师，他剩下不多的选择就是其他学科实验室里的数据分析岗位。

大概是看穿了他的困惑，李颜解释道："这是收集脑波的装置。"又指着那块复杂的屏幕说，"这就是收集到的脑电信号。"

叶零看不出所以然来，但他看到左上角的图标和菜单按钮，明白这是一个专门分析脑波的软件，估计连分析算法都打包在里面了，他不明白还需要他做什么。

李颜说，"你能按我们的需求重新写一个分析脑电信号的软件吗？"

"应该可以。"叶零答道，接着问出了他的困惑，"可是，你们不是已经有专业软件了吗？"

"是的，这款软件能够按时间顺序显示一个人脑部 256 个位置上的脑波变化。"

叶零想了一下，时间、位置，都能准确的显示，还有什么需要提取的控制因素吗？

"照理说，这款软件确实够用了，但对我们的研究来说还不够。"李颜俏皮地笑了一下，好像捉弄人的把戏得逞的小女孩，"因为我们要收集脑波的被试，有不止一个灵魂哦。"

叶零当时还不了解李颜的项目，被灵魂的说法吓出一身冷汗。他硬着头皮回答，"可以，只要数据完整，我可以编一个小工具程序，让它按不同的因素提取不同的……灵魂。"

李颜显得非常开心，轻巧地拍了一下他的肩膀，好像是在对待一个老朋友。"太好了，加上你一共九个人，这个项目的人齐了。"

在之后的一年时间里，叶零整日躲在那间属于他的实验室处理脑波数据——搭建"灵魂"的模型。多重人格患者的样本量很少，实验室一共只招到了六名。这些患者拥有几个"灵魂"，脑波就呈现为几层。切到某一个"灵魂"时，其他"灵魂"的脑波就会休眠，但仍然处于一种低活动状态。叶零的工作就是通过复杂的数据对照分析，区分出每个"灵魂"惯用的脑区和频率，塑造出每个"灵魂"的脑波运作模型。

"我们为什么要做这些灵魂的模型呢？"叶零问李颜。

"为了——寻找灵魂的支点呢。"

李颜半开玩笑的回答让叶零大为震动，一时间毛孔耸立，仿佛踏足了一个全新的、未知的深邃领域。他从心底感激李颜，感激她将平庸的自己带往如此庄严、光辉、充满意义的方向。他敬仰李颜，如同敬仰星辰。

一个小时后，闹铃终于响了，叶零缓慢起床，给自己倒了一杯凉水，又从抽屉里拿出一盒药。

药上贴着几张纸条，记录了每一次他吃药的时间。8月2日晚上十点，8月10日八点，8月11日八点。8月2日便是李颜死的那天，他在那天被心理咨询师强行喂了药，而后的一周都忘记了这件事。

在李颜死的前一天，项目组的每个人都收到了李颜解散团队的邮件通知，却没有附带任何原因解释。大家都很震惊，很多人找李颜询问原因，她都闭口不谈，只是说，"接下来，大家把各自计算机里的相关数据都删了吧。"

这个安排激起了组员们的不满，甚至是愤怒。谁也不愿删除一年来辛苦累积下来的数据。激越的组员们在邮件回复里吵了起来，争相逼问她缘由。叶零也想问她原因，但不是为了项目本身。对于叶零来说，团队的解散意味着他不能再待在这个实验室了，意味着他不能每周见到李颜了。

那天下午，他徘徊在李颜的办公室门口，好几次想要敲门，都没有勇气。正当他要走时，门开了。李颜从门里走出来，见到他，只是给了他一个愤怒的眼神，好像是他招惹了她。

这吓坏了叶零。他低着头正要离开，李颜却对他说："不管你是谁，都不可能让我继续这个项目了。快删了数据，尤其是你手里的模型。"说完她便赌气般地走了。叶零愣愣地在门口站了好久，像一枚钉子。

"这是你和李颜第一次单独谈话吧？"心理咨询师问道。

"嗯……也是最后一次。"叶零面露痛苦。

"最后一次？可据我所知，你第二天又去找过她。"

"是找了，但没见着。"

那天夜里，他一遍遍回想李颜生气的脸，久久无法入眠。他反复问自己需要做些什么才能平息她的怒火，他不想看到她生气难过的样子。思索了很久后，他做出了一个决定。他决定完成她的意愿，帮她黑掉全部数据，好让她省心。

"你还是个黑客？"心理咨询师不免惊讶地问他。

"算不上。我一般不干这事，但要做还是能做到的。"

第二天他早早来到实验室，但奇怪的是，本该没人的时段，实验室却坐满了人。每个组员都比他到得更早，从他进门起，每个人都紧盯着他，好像知道了他会做什么似的。他哪里禁受得住这种凝视。他呆呆地回到自己的房间，像往常一样按下开机键，却发现计算机的电源没有电，整个实验室的电源都被关了。不知是谁想出来的主意，为了防止数据被删除，首先做出了物理性防范。

每个人都坐在那儿，眉毛重重地拧在一起，像是在用力捍卫着什么，只有李颜没来。挨到中午，叶零实在受不了了，决定去找她。于是他去了她的办公室，她不在那里。他又去教学楼找她，也没找到。他茫然无措地去图书馆转了一圈，仍然找不到她。当他从图书馆出来时，却看见门口围着许多人。他越过人群，便看见了那个让他患上 PTSD 的画面。圈内的地面上躺着的人，正是李颜。

说到这里，叶零再次流下了泪。他从未和别人谈过这些。甚至都没认真思考过自己与李颜的关系。却不得不在她死后，如此全面地回顾了与她相处的点滴。

"你觉得李颜是因什么而死的？"心理咨询师问道。

"因为压力吧。那时候每个人都不同意她终止项目，都在全力阻止她。"

"和你没有关系吗？"

"我可能是唯一同意她终止项目的人吧。我不想看到她难过。"

"那你们最后一次见面时，她为什么对你这么凶？你想过没？"

叶零愣住了。"我不知道……不知道……"

章毅

发现自己有遗忘症这事后，章毅十分紧张。尽管公司的经费并不充裕，他还是雇了一个助理，让她详细记录自己每天的行程，及时提醒他每件事，尤其是提醒他吃药。他每天至少要见三拨人，赶赴好几场会议展示他的产品。他不想在这个节骨眼上因为遗忘这种初级错误而搞丢潜在的合作对象。

在下一个咨询日期来临时，他诚惶诚恐地早早来到了咨询室，详细地询问了PTSD这种病的前因后果以及是否能治疗。

"看你个人的情况，也看你是否配合治了。"心理咨询师说。"放心，你的情况不算太糟。遗忘症这种症状，药物可以控制，但能否从内心接受她的死，能否真正走出来，还得看你自己。"

"那我就不担心了。我没什么走不出来的。"他真心实意地放下心来，松了一口气。

心理咨询师却笑笑，"你又来了，章毅先生。我说过了，在我这里不需要伪装。"

"她的死的确令我感到难过，但我真的没什么心理障碍。"章毅坚持说。

"那我们继续上次的话题吧。你认为李颜是个什么样的人呢？"

"好吧。"章毅深深呼了一口气，开始从回忆里挑挑拣拣。

章毅与李颜的第一次见面，是在一个小型读书沙龙上。那次的主题是人工智能的发展方向。沙龙在一个僻静的小型咖啡馆里举行，来的人不多，分享信息的质量却很高，前来参加的人有数学系的博士生，心理学院的教授，深度算法的大牛，都是各自领域里掌握尖端技术的人，只有章毅不是。在与李家创办这个公司前，他经营着一家管理咨询公司，所服务的对象要么是中小企业的负责人，要么是大公司的职业经理人。要糊弄这些人，他必须紧跟时代的潮流，时时站在时代的前沿，如此才能在与客户谈话时占据上风，最后让对方心甘情愿地掏钱。所以他需要更上乘、第一手的知识与资讯。他自己不具备这样的背景，但他擅长混入各种圈子，和不同领域的人交谈。除了读书沙龙，章毅每月还会专门找几场讲座听。不过他分配给学术讲座的配额只有两月一次，毕竟他还要分配配额给音乐会、画展、品酒会等标榜阶级和品位的活动，谈话可能涉及的任何一个领域，他都不能放过。

咨询师流露出不置可否的轻蔑，"靠拾人牙慧得来的二手资讯来塑造自己的形象，实际上不具备任何真实的专业能力，这就是你的专业？"

说到这份上，章毅已经丝毫不在意了，"我在尽可能地向你坦诚我自己，你这么说我，难道就很专业吗？"

心理咨询师抿嘴笑了下："抱歉。我只是好奇，你不怕被看穿吗？"

"在一场谈话中占据上风，靠的从来都不是扎实的专业知识。"

"那靠的是什么？"

"一点小技巧而已。"章毅说。"在面对有一整套话语体系的专业时，我们首先在会这个话语体系中确定各种物的级别，并建立各种物之间的关联。接着，我们再确定一种与顶级物相符合的人的气质与品格。根据一个人身上散发出来的这种品格的多少，我们就可以对应到相应级别的物，你就知道他与哪些物有关了。然后，你就用这几个物之间的关系去和他交谈，交谈中三分之一的内容务必提及比它对应的物略高一两级的物之间的关系。如此，你就完成了一次专业场景的对话。这套交流技巧在任何专业领域都行之有效。"

章毅可能是个高级骗子，但他的能力是实实在在的。他的能力让他在这座异乡城市拥有了一套三室二厅的单元房和一辆代步的路虎，以及从容的消费能力和体面的社交圈。但他并不觉得自己事业有成，在他心里始终差了一块。他想要一个真正的产业，一个具备创新技术的，前所未有的产业，一次真正的创业，就像乔布斯创造苹果，像马斯克发射火箭。尽管他也不能确定，这种想法是他自己的想法，还是他所看的成功学书籍和创业课程塞给他的想法。

那次沙龙咖啡馆的灯光很暗，一张张脸隐没在昏沉的灯光中，只有声音在房间上空回荡。一些专业名词在空气里被来回抛掷，主题也时时转换，有的令人昏昏欲睡，难以跟上节奏。只有李颜的发言令他专注，时时吸引着他、引导着他，仿佛每句话都是专门说给他听的。

"一直以来，我们都把注意力放在如何用计算机逻辑写出人脑擅长做的事。我们钟爱逻辑，沉溺于复杂的因果里面，但事实上，人脑的运作根本不是这样的。"李颜的发言主题明确。

"关于人的意识领域，有一个存在了一些年头的理论，叫作魔鬼喧嚣。当大脑得到一个解决问题的指令时，脑中会有几个小鬼同时开始想办法，每一个小鬼都跳着脚喊，我想到了，选我，选我！然后大脑才在它们中选择一个，作为最终的解决方案。听出来了吗？人脑是并行处理信息的，计算机却是继时处理信息的。这个古老的意识理论在很长一段时间里没得到重视，但现在，我的研究可以为它正名了。"

接着李颜说了自己的研究成果，关于多重人格多个人格的功能之和，大于统一人格。

"这就很清楚了，不是吗？并行的、人格化的处理模式，才是最高效的。更重要的是，我已经找到了人工诱导多重人格产生的生物学基础。"

章毅觉得自己的额前仿佛出现了一道神圣的光，一个念头闪现，他激动万分，"如果能控制这种人工产生人格，运用到人工智能上……"

"没错，这将是一种新型的，更高效、更符合人类需要的人工智能。"

章毅觉得李颜在盯着自己。

"在座的有人有兴趣和我一起开创一个公司吗？"章毅觉得李颜的目光直接而专注，"我需要一个人帮我运作公司。"

"我觉得你就很合适。"章毅看着李颜站起来，走到了自己面前。

"是李颜拉你入伙？"咨询师显然十分惊讶。

"是啊。所有人都认为是我把李颜拉下水的。其实她才是那个最疯狂的人。她是个疯狂科学家。"

一个宏伟的市场蓝图在章毅脑海中展开。章毅没有丝毫犹豫，便答应了李颜。这就是他梦寐以求的，真正的创业。

　　"你确实在运作公司方面十分卖力，一场连产品 DEMO① （示范）都没有的发布会就登上了热度榜。"咨询师的口吻难免带点嘲笑。

　　章毅知道她指的是什么，那场他们宣布首次成功制造出人造多重人格的发布会。在那场发布会中，他们展示了那位成功诱导出三个人格的被试，让他在观众面前切换了三种人格。网上很快骂声一片，说那个所谓的人造多重人格的被试不过是一个演员。

　　章毅耸耸肩，"这很正常。人类真正理解多重人格患者就花了相当长的时间，大部分人无法相信多重人格患者不是戏精，而是真正的具有多个人格。"

　　"你们被诟病，难道不是因为你们公布出来的实验论文，根本没被任何一个专业学术期刊接纳吗？"

　　"这也是没办法的事。这个实验是通不过伦理委员会的。就算被试说他是自愿的，之后多出来的人格又是否拥有自主权利，是否能够决定自己是不是自愿的呢？历史上对多重人格罪犯的判决也十分艰难。罪犯犯罪的人格不是他本人，那他是不是就可以被无罪释放了呢？显然民众是不能接受这种判决的。多重人格患者的每个人格是否能作为一个独立法人负责？这几个人格到底谁说了算？连这都确定不下来，我怎么能期待那些老朽的委员会成员通过我们论文的伦理审核呢？但我们确实成功通过人工方式诱导出了多重人格。你相信这点吗？"

---

① 　演示；示范。

"你又来了，公关话术那一套。"

"我说的是事实。"

"那位被试后来怎样了？可有术后反弹？可有副作用？为什么像消失了一样，再也没有出现过？"

章毅的回答终于慢了下来，"抱歉，这是我们的商业机密。"

"那好。那我们来谈谈别的，比如李颜死的那天，你都做了什么？"

"作为一个心理咨询师，你问的问题简直像个商业间谍啊。"

"没办法，我需要帮你回忆出关键点。"咨询师说，"那天你去找过她，对吗？"

"是。"

"你为什么去找她？"

"因为她要终止我们的项目。"

对于章毅来说，李颜大多数时候是个理想的合作伙伴。她思路清晰，目标明确，每次开会都能直奔主题，从来不拖泥带水跟他纠结他不可能懂的技术细节，这在他所认识的科学家中也属少数。但他始终觉得无法真正的理解她，这种不理解，使他难以放下全部的防备之心。她过于完美了，聪明、睿智、坦诚，待人接物没有半分遮掩。她所言即所想，并且完全相信自己说的话，不像很多人会为了达成自己的目的说假话，也不像凡人那样有很多自相矛盾的地方。从智商—人格—思想，都自洽地像个小说家塑造出来的人物，像艺术家画出的完美女神——并不是说她有多漂亮，她是好看的，却绝对称不上漂亮。她从不犹豫或是懊丧，仿佛所她踏的每一步都踩在真理的阶梯上。她也会生气、会发脾气，但从来都是对事不对人，而且她每次生完气都将自己生气的缘由解释的合情合理，好像在说"我确实生气了，我就是发脾气了，但我愤怒的有理有据"，使他完全没法怪罪她，事后还不得不再次钦佩她的正确性。但她越是完美，他越是害怕。他感到她的人格里有一块儿自留地，好像那里才是完整的世界的真相。但她从来不告诉他。对于这个他无法理解的领域，他总是担心在她这里出问题。当李颜告诉他自己要解散团队时，他知道，他担心的事终究是发生了。

"所以，你在她发出邮件前就知道了她要解散团队的事？"

"是的。"

"那你当时什么反应？"

"我以为她会像往常一样给出合理的解释，但她没有。"

当他看到解散邮件时，意识到这次不一样了。他匆忙从公司赶到李颜的实验室去与她理论。他推门进去的时候，她还坐在桌子前将头埋在双臂之间，脸上有着少见的懊丧神情，但一看到他，就呼地站起来跳开，离他两米之远，好像他会带来瘟疫。他从未见过这样的她。

"你走，我不想见你！"李颜大喊着。

"你不想见我可以，但你不能随便停止项目，公司不是你一个人的，我有一半的股权。"

"现在没有了，因为我也有一半的决策权。"李颜的声音十分坚决，"这个项目就不应该存在，完全是个反人类的项目。周璐尔说得对，它终究会出问题，损害人类的尊严。"

"我问她谁是周璐尔，到底和她说了什么，她也不回答我。只是叫我出去。"

"你不知道谁是周璐尔?"

"不知道。"

"我恰好知道。"

"是谁?"章毅眼神中透露出愤怒。

"我们的一个同行。"心理咨询师说,"你也知道,行业内不赞成你们做法的人也很多。"

"我知道,觉得违反伦理嘛。"章毅说,"在这个问题上,我和李颜本来意见是一致的,我们都认为不应该为了腐朽的观念而放弃革新的机会。至于公众的偏见,时间会解决的。等产品真正上线时,我相信会有人买单的。至于公众看法,慢慢来吧,总会改变的。"

"那到底是什么促使她改变了想法的?你知道吗?"

"我不知道。但我觉得是因为实验发生了什么,出现了她不想看到的结果。"

"我必须问一句,涉嫌违法犯罪吗?如果是,我作为心理咨询师就得报警。"

"我也问了她这个问题,她说没有。她就是不好好解释,这完全不是她一贯的作风。我说我们产品的宣传已经铺出去了,不能无缘无故停止,她一点儿都听不进去,把电话挂了。我以为她需要些时间,或许过一个晚上就能想清楚,就会撤回这个决定,或者给我一个明晰的解释。然而到了晚上,我等到的是她布置删除数据的邮件通知,一副覆水难收的态势。我只能第二天又亲自去找她。"

"你都去了哪儿找的她?"

"她的实验室。"

"可是有人说，她那天上午并不在实验室呀。"

"是的。所以我又去了图书馆。她经常在那边找资料，找完就待在那边的自习室看。"

"所以你们最后是在图书馆顶楼谈的？"

"没有。我没在图书馆找到她。"

"可是有人看见她和一个男人一起上了图书馆 19 层。那个男人不是你吗？"

"不是我。"

"接着她就从顶楼跳楼了。"

"你在怀疑我？"

"不是。我只是在帮你梳理事情的经过。那你在图书馆做了什么？"

"我在图书馆大厅里逛了一圈没找到她，出门的时候看见一圈人围在那里。"

"然后你就晕倒的？"

"应该就是那样了。"

"真的？"

"真的。"

章毅的手心沁出汗水。他突然恍惚起来，好像那段记忆并不是真实的。

周璐尔

周璐尔有了一个秘密。这个秘密卑劣、甜蜜、疯狂、羞耻，却像永远无法祛除干净的苔藓，在她潮湿的心里肆虐生长。她的计算机里多了一个文件夹，里面是李颜的全部论文，还有从微博上下载的两张李颜的照片。

她不断将与李颜有关的细枝末节丢进这个文件夹，她得到国家自然基金的通告，里面有她参加的学术讲座的通知，有她露脸的集体照，有她名字的小学生奥数比赛获奖名单页面。她的心情跟着这些信息浮浮沉沉，享受着在森林中追踪猎物痕迹般隐秘的快乐。她基本上摸清了李颜的成长轨迹，一个出生于江南沿海城市普通人家的女孩。但这个女孩并不普通，从小学起就在各种奥数和编程比赛中频频得奖，初中即被招进省里的天才实验班。是的，就是"天才"这两个浮夸、荣耀、功利的字眼，这个班只收智商测试超过 150 的孩子。后来她一路进入名牌大学，走上学术之路，成为最年轻的教授，也是顺理成章的事。如此长大的她，并没有许多"天才"特有的忧愁与烦恼，而是澄澈明确的。周璐尔想，她的世界要么就是足够窄，窄到除了书中天地看不见其他，也就没有那些俗世烦扰；要么就是足够广阔，已经看尽和懂得这个世界的方方面面，然后选择了明晰透亮的处世之道。周璐尔找到的她的照片很少，最清晰的还是女学生来访者拍的上课照片。她反复看那两张照片，着迷于她的瘦弱身姿所塑造的灵动世界，思索着她眼中所见的，到底是一个怎样的世界。

"给你的药你在吃吗？"一个声音忽然从头顶飘过，周璐尔像受惊的猎物，猛然从资料里抬起头。是萱，她不知何时又来到了自己的咨询室，带着那副"怎么还没到下班时间"的细微倦容。

周璐尔的手微微挪动了一下鼠标，迅速关掉了所有浏览器的窗口。那里所有的网页，都是与李颜有关的。

"在吃，谢谢你特地帮我拿药。"

"没事，客气什么，举手之劳。"萱说道，仿佛一个关心同事的老好人，口吻却冷清得像一个正在对账的会计。"最近还有幻觉吗？"萱又追问道。

作为同行，周璐尔再清楚不过，每个心理咨询师都需要有一张充满关怀的面孔并且善于倾听，虽然私下里也有可能是个热心肠的好人，但萱对自己的关注未免太过头了。

"萱，你该不会把我当成你的患者了吧？"周璐尔忍不住问出了口。

萱的脸上毫无波动，依然挂着淡然的客套微笑，"不好意思，也许是职业病吧，总记挂着确认一下效果。"

周璐尔也只能报以同样客套友好的回应："让你费心了，谢谢。"

"如果真有什么不舒服，或者奇怪的情况，记得告诉我。我会帮你的。"

萱的话中好像埋了一个不好的预兆，让周璐尔觉得浑身不对劲，但也只能回应她，"好。"

周璐尔已经很少猝不及防地凭空会看到李颜死时的画面了，因为最近她主动想起李颜的次数太多了。死亡的可怕景象被李颜上课的有趣情景代替，想象中的她是那么活力四射，生动可人，和那副坠入地狱般的死相没有半毛钱关系，仿佛她从来都不曾死去。但她确实死了，那具从高楼坠落、四肢扭曲的尸体的确是她的，确凿无疑。

那尸体令她想起七岁时在姑姑家后院捡到的一只死去的鸟。那只鸟有着好看的深蓝色羽毛和黑色的尖嘴，尖嘴上挂着一滴凝固的血，黑色的爪子缩在肚子上的羽毛底下，好像是蹲在树枝上时掉下来死掉的。但它的身体完好无损，除了嘴角的血，看不出哪里受了伤。表弟拎起它僵直的脚，用手指摇晃起来。鸟的身体已经僵硬，像根木头似的直直地在表弟手指上旋转，已经完全是另一种东西了。它不再是一个生命，而是一件物。表弟一边转，一边大喊，"它死了，哈哈，它死了。"当年周璐尔被表弟的嘲笑惊吓到了，认为这是对生命的严重嘲笑和侮辱。现在想来，那刺耳的笑声是一种对死亡恐惧的神经质的释放。死了就变成另外的东西了，变成了一件物，一件需要处置的物。生与死的割裂在周璐尔眼中是如此巨大，甚至她已经三十岁了，仍然不能将两者联系在一起来看待。李颜的死对她而言生硬、没有真实感，无法相信，更不能理解她为什么会选择以自杀的方式结束生命（尽管还没有足够证据表明她一定是自杀的，也有可能是一场意外）。

周璐尔忍不住想，她到底为何而死，为何会主动以这种惨烈的方式死去呢？

在搜索引擎中输入李颜的名字，热度最高的新闻是六个月前她公司的那场发布会。那场发布会她没有露面，只是在各种新闻通稿中被作为技术合伙人提了，以及在大量的网友讨论中被提及——多数是谩骂和嘲讽。

周璐尔对那场发布会有印象，发布会是在 H 大的体育场开的。那里的室内体育场是城区最大的体育场，拥有高标准的无影照明设施和崭新整洁的座椅，能容纳 1.5 万人。选择在这样的场所召开发布会，足见那位 CEO 的野心。

那天，周璐尔想进去游泳，正巧路过开发布会的场面。可惜前来观看的人没能填满 CEO 的野心，只有区区 300 人左右。300 人密集地坐在看台的最前面，小小一簇与空旷的体育场形成鲜明的对比，更加显得人少得可怜。更滑稽的是，这些端坐的人中大部分人面露不耐烦和无聊的神色，像是被社团强制邀请来凑数的学生。周璐尔当时没有太在意，第二天看了新闻才知道那是一场人工智能产品发布会。就是这么一场可以算得上寒酸的发布会，震惊了心理学学术界，还在网上招来了一片骂声。从效果上来说，的确达到了引起关注的目的。被喷的最厉害的那篇报道的标题是"×××人工智能科技公司，人工诱导多重人格技术获得成功"。任何有点常识的正常人都知道多重人格是一种病，并不是表演或杂耍。这种轻浮的报道还有标题中的"成功"二字，深深地刺痛了看客们的心。周璐尔个人也不赞成这个做法。她是个心理咨询师，她比任何普通人更懂得，多重人格患者循环的痛苦与绝望。毋庸置疑，这篇报道也受到了行业内大多数同行的批判，而李颜他们关于如何诱导出多重人格的那篇论文，至今没有被任何学术期刊接收。

周璐尔顺藤摸瓜，找到了李颜免费公布在网上的论文。尽管并不赞成，但她还是想知道，她是如何做到的。

"我们发现，多重人格患者在切换人格时，大脑的波频就像普通人进入浅睡眠时的波动，当他们走出浅睡眠，就换了一种人格。我们做了一个对照分析，发现在进入浅睡眠状态时，与普通人相比多重人格患者的左侧角回，有一个独有的微小的波动。尽管微小，数据分析结果却显著差异于普通人。我们又对患者的大脑做了磁共振成像，发现患者的左侧角回深层，包裹着一个不同寻常的凸起。这便是人造多重人格的生理基础。我们的实验的操作步骤，正是基于这个基础设计出来的。"

这是一个大胆的实验，在很大程度上依靠了被试的献身精神和勇气。他们切开了原是健康普通人的被试的大脑，找到了左侧角回那个位置，切开，然后将周围的皮质的褶皱一点点聚拢过去，像整容医生整理一块肌肉的形状一样，塑造了那里的皮质凸起。

有了生理基础，接下来关于多重人格到底是如何产生的，却没有了详细的解释，说是专利还在申请中，技术细节尚不能公开。这确实不是李颜的风格，更像一个骗局。

那位匿名的被试真是勇气可嘉，周璐尔想，真的有人那么热切地希望拥有多重人格吗？或许确实不坏吧。拿她自己的生活来说，如果有一个能干的人格，能帮她对付所有的来访者，她就不用在吃饭睡觉时脑子里仍是这些来访者的面孔在打转，生活幸福感会提升很多。甚至可以，让两三个人格分别承担不同个案的工作，反正每个个案之间也没关联。这样既能避免不同个案思路的相互影响，又能减轻压力，听起来真是逃避压力痛苦的上乘手段。但她治疗过多重人格患者，知道多重人格患者最大的困扰，不是人格数量够不够用，而是不能有效地控制自己的各个人格在合适的时间干合适的事，大部分时候都是混乱不堪的，各个人格之间还会相互抢占时间，根本无法实现想象中的有效合作。而且每个人格虽有优点，但也有对应的黑暗面，比如擅长运动和搏击的人格，同时可能十分暴躁，可能会伤人或者做出反社会行为；比如擅长聊天的人格，同时可能非常懦弱，不能直面问题并想办法加以解决，反而用欺骗应对突发的困境。

这次发布会之后李颜在学术界的口碑急转直下，这会是她从 19 楼坠落死去的原因吗？周璐尔想。但李颜的死，是发布会后的六个月。这六个月里，据学生们反映，她看起来一切正常，对外界的评论也丝毫不放在心上，一如既往的澄澈透亮。没错，这确实是她，这样的李颜，不应该畏惧人言。那她到底因何而死呢？

周璐尔理不出头绪。她盯着李颜留在档案调取记录里的那个邮箱链接想，如果能当面问她，你为什么而死？她或许会摆出一副坦然又正确的样子，说，"因为这是死亡应该到来的时间。"

几乎是无意识的，周璐尔点击了一下那个邮箱链接，内置的邮件程序跳了出来。界面上显示出她与联系人李颜的最后一封邮件往来。

"明天我去你实验室找你。——周璐尔"

"回复：现在我最迫切希望来的人是你，一定要是你。——李颜"

周璐尔顿时感到头晕目眩，脑中一根绷着现实世界的弦终于断了。她冲到卫生间，打开"哗哗"作响的水龙头，洗了一把脸。冷水浸湿了她的脸庞，那张脸阴沉坚硬，缺少女性该有的柔美，被黑眼圈覆盖的眼周布满思虑过重的细纹。这张脸的背后，背后的大脑里，到底发生了什么？

她的脑子疯狂旋转，一个熟悉的学术名词跳了出来："选择性遗忘"。

接着她想起了萱，她一定早就知道了什么。她在房中踱步，犹疑了一会儿，还是给萱打了电话："萱，我觉得，我好像忘记了一些重要的事。"

"你终于发现了。"电话那头的萱用清冷的声音说，"你是我的第三个 PTSD 重症患者。"

叶零

叶零不知道自己能否找到灵魂的支点，他担心自己要让李颜失望了。在没有李颜的日子里，他每日埋头苦干，不过是在重复之前的劳动。因为他发现数据被清空了，那些对照数据，那些几近完美的模型，都没了。

"数据不是被你黑掉的？"咨询师问道。叶零觉得她似乎露出了一个抓到破绽的得意表情，他还是不太擅长与这位咨询师说话。

"不是我。我只是计划了，但没做成。"

"那你知道是谁删的数据吗？"

叶零摇摇头。他不认为是李颜自己删的，因为那天组员们反对解散项目组，为了避免被删除数据切断了电源，而后，李颜就离开了办公室。可李颜死后，谁又有权限删除全部数据呢？

"有没有可能是公司的合伙人？"咨询师问。

"谁？"

"和李颜一起做公司的人，章毅。"

"喔，他啊。我没见过。"叶零轻描淡写地回答，他的轻描淡写不是故意的，而是他确实很少在意别人，除了李颜。

"怎么会没见过，听说他经常去实验室找李颜的，和李颜去食堂吃饭，不是吗？"

叶零再次摇摇头。除了李颜，他几乎不关注其他人。理论上说，李颜身边肯定有很多其他人，但都被叶零自动略过了，仿佛她一直是一座孑然独立的灯塔，远离人群，遗世独立，不沾染一丝烟火气。

"半年前的那次公司发布会你总去了吧，去了就应该见过他。"心理咨询师说。

叶零费劲地回忆，"应该是去了吧，但我记不太清了。"

发布会那天，他们实验室的人都去了，坐在观众席第一排的嘉宾席上。据说发布会是为了展示一位人工诱导多重人格成功的被试。他的同事们显得很激动，毕竟这是他们的劳动成果，但不是叶零的。

"你不是去寻找灵魂的支点了吗？这个成果与你无关？"

"喔，那个是在我来之前就完成的。"

"那你的工作是什么？"

"我的工作是寻找在人工智能上塑造人格的办法。诱导多重人格生成是一个生物与心理的实验，当然与我无关。"

叶零不喜欢在人群中显眼。他记得体育馆很大，灯光很亮，亮得他觉得无处可藏，完全暴露在了别人的目光下。灯光太晃眼了，以至于他晕眩起来。座椅和人的面孔在他眼前旋转，他不得不起身离开了体育馆。

"那你知道，他们是如何诱导出多重人格的吗？"

"知道一些，给脑部做了手术。"

"接下来呢？接下来是怎么产生的？"咨询师的询问里有一丝迫不及待和马上要揭开谜底的兴奋。可惜叶零不能给她所期待的回答。

他紧闭的嘴巴里蹦出几个字："不知道。"

"你是真的不知道原理吗？还是公司嘱咐你们不要说。"

"前者。"叶零回答，"是真不知道。不止是我，整个公司没人知道人格是怎么产生的。"

叶零接着讲述："虽然成功了，那仍然是一个黑箱过程。所以才需要我来做数据分析和研究。"

章毅

章毅试图回忆起李颜死的那天的每一个细节，却怎么也无法将那一天的心境与行动完整地串起来。记得真切的只有几个片段，像一段被剪掉太多镜头的拙劣影片，每个情景与每个情景之间强行拼接而成，缺少过度和铺垫。

他记得那天天气很好，淡蓝色的天空没有一片云，阳光清澈，整座城市都变得透亮。可他没心情欣赏风景。在前往 H 大的路上，他排在堵车的队列里，努力压制着狂按喇叭的冲动。当他终于排到了路口的最前面，停住等红灯时，有那么大约 10 秒钟，路口两个方向都是红灯，又恰好没有右行的车辆，一个少见的空荡荡的十字路口呈现在他眼前。大量阳光倾洒在这小广场般宽阔的路口，让他想起小时候假期在乡下奶奶家看到的晒谷场，他仿佛闻到了金色的谷子从竹筐中倾倒到竹席上时散发出的清香。但他知道，只要摇下窗玻璃，他能闻到的只有马路上的汽车废气。那一瞬间，他怀疑过自己为何来到这座城市，来到这座充斥废气，令人焦灼，疲惫不堪的城市。可他已经如此度过了十多年，拼搏了十多年。他已经投入了那么多，难道要眼睁睁地看着公司夭折，然后回归小镇，回归大山，去闻那片晒谷场朴实的清香吗？不，他不是一个具有文学情趣的人，尤其不具有乡土文学的审美情趣。当绿灯亮起时，他马上加足马力，冲过了那片停滞的阳光。他必须阻止李颜解散团队。

当他抵达 H 大时已是中午，下课的学生三三两两地走向餐厅。他大步疾走冲到李颜的办公室，她不在，电脑屏幕却还亮着，桌前的办公椅冲着门口转出 45°，椅子上仿佛还残留着她离开时的温暖。计算机屏幕上是一个邮件界面。李颜的邮箱刚收到那个叫作周璐尔的人发来的邮件，里面的内容是"我们一起吃午饭吧。"

破折号之下被引用的原邮件是李颜发给周璐尔的："现在我最迫切希望来的人是你，一定要是你。"

"我说了，李颜最后见的人不是我。"章毅面露不悦地说道。他不明白为什么他非得配合这个咨询师无端的质疑，在她面前费劲地证明自己。"她应该是和那个叫作周璐尔的人去吃午饭了。"

"你认为她死前最后见的人是周璐尔？"

"我不能肯定，但很有可能。"

"那你后来是怎么出现在图书馆的？"咨询师不依不饶。

"我见她不在，就给她打了电话，她让我去图书馆找她，她说要给我看资料。"

"是她发现的实验结果吗？"

"不知道。她在电话里没说。"章毅叹了口气。

最后的那通电话，李颜的口吻出奇地不耐烦和严厉，仿佛一位高中老师在责备一名总是迟到知错不改的学生。

"来图书馆找我吧，我们一次说清楚。别再让我一遍遍对你们重复了。"李颜在电话里说。

接着章毅的记忆便是在图书馆电梯中的情景了。因为撞上午休时间，电梯里挤满了上下楼的学生，他的周围全是肩膀和脑袋。他去了李颜最常去的五楼资料室，却没能在里面发现李颜的身影。他捂住手机音量喇叭，又给李颜打了一个电话，久久没有人接。他只好离开资料室，坐电梯回到一楼大厅。不知道是不是因为外面的太阳太晃眼，走过来时又太急，他有点儿头晕。周围的人影一个个从他身边经过，越来越多，越来越快，仿佛跑了起来，只有他一个人被落在最后面。他头脑昏沉地走出图书馆大厅，看到一圈人围在图书馆门口的石阶上。他彻底晕了过去。

听到如此详尽的描述，心理咨询师似乎还不尽兴。她将一支笔撑在太阳穴上，盯着自己记下的笔记，仿佛在回味和整理。终于，她从中找出了一个漏洞，抬起眼睛问道：

"那实验数据是谁删的呢？"

章毅的双眼一瞬间被戒备心占满，"你怎么知道数据没了？"

"你们的一个技术员告诉我的。"

"你认识我们公司的人？"

"是我的患者之一。跟你一样，患了 PTSD。"

"他叫什么名字？"

"这是病人的隐私，我不能随便告诉你。"

"那你就可以合法正当地通过病人满足自己的窥私欲吗？"章毅面露愤怒，但心理咨询师丝毫没有被震慑到，反而轻笑了一下。

章毅扶了一下感到晕眩的额头，但下一秒马上换成了一副请求的面孔："核心数据丢失是件大事，我诚恳、认真地拜托你不要对外说出这件事。"

"明白。这种事情传出去，恐怕股东都会撤资走光吧。其实我很佩服你，明明情况糟成这样，硬是瞒住了所有的事，在背后徒劳重复之前做过一遍的工作。"

"这都是暂时的困境。我们已经与最高效的机器人制造厂商和最高端的 AI① 形象设计团队达成了合作共识，以后，从逼真的仿生机器人到可爱抽象的网络虚拟 AI 形象都不在话下。一切都在轨道上，就等这批数据复原出来了，到时候就可以真正落实我们的产品了。"

"原来靠的是信念支撑。"心理咨询师揶揄道，"我现在特别好奇的是，你们到底是怎样诱发多重人格的？"

"你为什么要知道这些？你不觉得，你问的问题已经超出了你作为治疗师的职责了吗？"

"我有我专业上的理由，肯定不是为了害你。现在我已经知道了你最重要的秘密，为了封住我的嘴，你也得拉我成为同盟，向我输出一些信息表示信任吧？"

章毅拧起眉毛，他遇到了真正棘手的情况。他沉思了片刻，说："这个交换未免太不公平了。不如这样，我告诉你诱发多重人格的关键技术，

---

① Artificial Intelligence，人工智能。

你告诉我那位透露数据情况的技术员的名字。"

咨询师同意了，"不愧是生意人，一点儿都不吃亏。看来暴露如何诱导出多重人格的独家技术，并不比丢失数据更糟糕。"

"其实我们对外隐瞒这项技术，不是因为它有多难多独特，而是因为它太简单了。"

"这么一说我就更好奇了。"

"一项古老的技术，你作为心理咨询师应该很熟悉——催眠。"

咨询师露出一个意料之外的笑，"确实古老。却有效。"

催眠这门技术可比心理咨询古老多了，甚至可以追溯到史前的祭祀和打坐活动。咨询师使用它能帮助病人回想起久远的记忆，或者引导出病人最原始的人格面，加以改变。然而它发挥作用的机制至今无法用科学的方式解释。当初章毅提出使用催眠时，李颜是拒绝的。她是一个走实证研究路线的科学家，无法接受这种带有神秘色彩的冒险方式。她最终接受，是因为她不得不承认，他们在短时间内无法获知全面的人类脑部神经网络，更别说控制了。那场催眠实验除了记录了被试的脑波和各项生理指标变化，什么也没做。他们甚至不知道这次的成功是不是一次偶然。

"非常有趣。"咨询师眼中露出感兴趣的光亮，但说话的口吻依旧淡然从容。"不得不说，这种程度的实验，你就敢拿出来开发布会，勇气可嘉啊。"

章毅早就对外界的嘲讽见怪不怪了，忽略各种外界声音，坚持走自己的道路也是他练就的职业技能之一。

"现在该你告诉我那个技术员的名字了。"章毅说。

"叶零。他叫叶零。"

"叶零？"章毅思来想去，李颜的实验室里一共就八九个人，但他并不记得有个叫叶零的人。

"他职位的全称是数据分析师。那是一个耿直的不谙世事的男孩，一心喜欢李颜，他那天去找李颜，还说想帮李颜黑掉全部数据，但没做成。可以说是非常愚忠的爱了。"

"他见到李颜最后一面了吗？"

"没有。他跟你一样没见到李颜，在图书馆楼下晕倒了。"

"他也去了图书馆？"

"嗯。我可不可以问你一个问题，你在意叶零有没有见到李颜，是在意数据的去向，还是在意李颜的死因？"

"我不认为一个技术员有魄力删掉全部数据。"

"那就是后者？"

章毅沉默了，没有回答。

"你们一个个的，都很在意李颜啊，过于在意了。或许这也是你们选择性遗忘李颜的死的原因吧。"

"你们？你指谁？"

"你们三个，三个在图书馆楼下晕过去的 PTSD 重症患者。"

周璐尔

"你是我的第三个 PTSD 重症患者。"萱的这句话在周璐尔耳边盘旋，像一只无法停下来的蜜蜂，持续制造出令人惊恐的嗡嗡声。

"好好看看你们的来往邮件吧，然后我们约一个时间面谈。"

挂了电话，周璐尔木偶般点开她与李颜的邮件往来记录，共有 37 封。她翻出最早的那封，从头读起。

遗忘带来很多麻烦，但也有很多好处。它是人类大脑重要的功能之一，除了节省大脑的运算资源，更是重要的自我防御机制。它使人忘记悲伤，有空间填充新的快乐。但当你回过头来发现自己遗忘掉快乐的记忆时，你不会因此伤心，反而会能体会到加倍的愉悦。周璐尔看到她给李颜寄出的第一封信时就是这种心情。

"李教授，我一直在关注你的论文进展，觉得其中的洞见精彩有趣。今天发现你曾经调取过我做的多重人格患者档案，我感到十分荣幸。真的谢谢你。"

没想到过去的自己做过现在的自己梦寐以求的事。更美妙的是，李颜隔天就回复了她。

"应该是我谢谢你，你记录的档案给了我很大的帮助。"

这个简短的回复令周璐尔欢呼雀跃，就像一个追星族得到偶像的一个签名、一个眼神交汇的挥手。如果能和李颜多探讨探讨就好了，她这么想着，以前的自己也是这么想的，于是有了更多严肃探讨学术问题的邮件往来。她甜滋滋地往下看，为她们之间的一致见解和共鸣感到高兴。但渐渐地，邮件的风格变了，变成了尖锐的质疑与争议。

"李教授，你上封邮件说的多重人格诱导实验十分具有开创性，但我必须说，这是一个完全错误的开创方向。且不说这个实验风险过高，一旦失败会对被试造成永久性伤害，就算它成功了，如果证明了你的假设，具备多个人格的个体将具有更高的效率，我们就是彻底将人格工具化了。那么人格的意义是什么呢？人类自我存在的意义又是什么呢？从古希腊起对自我的哲学思辨到近现代不同心理学流派对人格存在意义的构建都会沦为一筐废纸。我们要去哪里找寻我们生为人类的立足之处呢？"

"周老师，我认为你信中透露的担忧不过是对新技术变革的抵触情绪，但是变革总会发生的，不管是技术上，还是人心上。我们不该因为恪守传统而错失技术发展的机会。"

"李教授，我坚持我的立场，我绝不赞成你做这个实验。这个实验完全是反人类的。"

"周老师，你会反对是我没预料到的。你内心深处还是有崇敬传统、克制怀旧的一面。但这并不影响我和你的友谊。你是一个古典的人，一个认真严谨的人。很高兴看到你的这一面。谢谢你对我的担心，但我仍然坚持我的立场。"

邮件往来到这里停止了，就像两个闹矛盾冷战的孩子。直到两个月后，李颜发来一封新的邮件。

"周老师，我还是想与你分享这个好消息，我们的实验成功了！我们成功更改了被试的脑部结构，接下来的催眠也非常顺利。也许你在做心理治疗时看多了催眠，但我是第一次见。整个屋子都拉上了窗帘，所有人沉浸在神秘的黑暗里，播放的背景乐低沉得像草原尽头的滚雷。催眠师实施了常规的进入暗示后，被试闭上了眼睛，像是睡着了，整个人却直挺挺地坐在椅子上。接下来，催眠师对被试低声说话：现在你正待在一个封闭的，昏暗的房间里。这是你的房间，你一个人的房间。

你渐渐适应了这里的黑暗，然后你看到这里不止有你一个人，还有其他人，站立着，或者坐在地上。他们都是你，一个个，不同的你。他们都能听你的指挥。房间的天花板上出现了一盏灯，一束光照在地板上，形成一个光圈。这是一个与外界连通的光圈，你们谁站在光圈中说话就能被外界听到。

大概是说了这样的话，我记不清了，晚点我重新听录音记录一遍。催眠师在催眠中描述的房间与光圈是很多多重人格患者描述过的，是一个有效的心理意象。就像梦的解析中常出现的地下室代表深层潜意识，有一束光的房间代表多重人格者交换人格的场所。接下来，催眠师让被试指挥他在屋里看到的人挨个走到唯一的光源下说话，说自己是谁，描述自己是个怎样的人。整个过程都像被施展了魔法一样。

人类心理结构发挥作用依靠的是诸如意象、原型这种虚无缥缈的东西，这件事情我无论想多少遍都觉得匪夷所思。或许这就是计算机永远无法真正像人一样思考的原因吧。这也是我们这个实验的目的所在，我们要创造出真正拥有人类心灵的计算机。

催眠结束后，被试保留下了三个人格，每一个都显示出截然不同的说话习惯和性格特点，其中还有一个人格是女性。同时被试原本的人格并没有消失，成为主控人格。我们向主控人格请求出现其他人格，他都可以准确地喊他出来。不得不说，那个催眠师调教的太好了。我们测试了这三个人格的记忆，发现这些记忆都是从主人格的记忆中截取的一部分。

主人格是一个出生在小镇的男青年，小时候因为父母外出打工，要么一个人待在家里，要么被迫住在亲戚家。三个人格都记得这事，但不同的是，第一个人格，我们叫他零号人格吧，记得父母外出打工，自己一个人长久的待在房间里面对着墙壁。零号人格也是三个人格中最内向的。一号人格记得因为父母打工，自己平时住在寄宿学校，假期就待在乡下奶奶家，他害怕寂寞，常常和同学或周围的孩子混在一起，是个相对外向善于交朋友的人格。二号人格记得自己经常在各个亲戚家里周转，这里住一段时间，那里住一段时间，是个特别擅长察言观色、洞悉人心的女性人格，还是有很强的自我防御心理。

长大后的经历也有这个特点，每个人格也从主人格的经历中截取了一段。主人格大学学的是酒店管理专业，可是他不喜欢自己的专业，在大学坚持自学心理学，试图在毕业后成为一名心理咨询师。但他在上了一年咨询师培训班，了解了这个行业的前景后，发现靠这个无法养活自己，又去学习了企业管理咨询。他在大型管理公司混迹了几年后开了一家自己的管理咨询公司，在这座城市立足。立足后的他并不满足于现状，他考了 H 大的在职研究生，但因为 H 大没有心理咨询专业，他报了心理统计学专业，后来又在和 H 大长期合作的心理咨询中心获得了一个兼职职位。

有意思的来了，零号人格的职业是数据分析师，一号人格是一个企业家，二号人格是一名心理咨询师。他们分别拥有主人格的一部分记忆和性格，却成为完全不同的人！"

周璐尔浑身颤抖，无法继续读下去了。她仿佛置身于黑色的洪水中，在下沉的泥流中一点点丧失，丧失原本笃定的一切，丧失信任、丧失控制。她浑身瘫软，从椅子上滑下来，瘫坐在地上。

"叮。"一封新邮件提醒的声音使她勉强爬起来，伸出手用仅剩的力气点开了它。

"我是章毅。关于李颜，我觉得我们三个有必要见面谈谈。"

这是一封群发邮件，另一个收信人的名字是叶零。

章毅

从那间暗蓝色调的咨询室出来，章毅觉得脚底发软。眼前最为普通的水泥路面好像一条浮空的毯子，他每踩一脚，都塌软下去一个坑，仿佛自己正一步步走入一个精心设计的陷阱。

"咨询师笑容背后冰凉的眼神久久凝视着他，像一个极有耐心并且经验老道的猎人。她知道得太多了，问得也太多了。可他却无法确信自己到底忘记了什么，记得的那些就是真相吗？他很明白，同一个片段在不同的时间段发生，很可能组成完全不同的事实。他的确存在遗忘症的症状，在这种情况下，如果有人存心诱导和欺骗他，那可太容易了。"

"她看起来在引导我的回忆，步步紧逼着我说出实话，实则可能在用这种方式诱导我相信一些并非真实的东西？她不顾职业操守，肆意妄为地提起其他病人，是在暗示什么吗，或是想诱导我得出错误结论，让我与公司内部成员为敌？但她又不太像商业间谍，因为光核心数据丢失这一个秘密，就能断送他的公司，她早就发现了却迟迟没有使用。她的目的究竟是什么，她的话有几分是真实可靠的？"

"他必须更加谨慎地用自己的方式验证一遍事实。"章毅想。

他首先想到可以调查的是随身佩戴的智能手环。这个手环的功能很鸡肋，平日里更多的是作为饰物和玩具使用，没想到能在这时候派上用场。他马上从客户端调取出 8 月 2 日那天的运动轨迹。他在早上 10 点 15 分出门，开车去了 H 大，路上有 15 分钟被堵在一个十字路口慢慢挪动。他到达 H 大，从地下停车场走向脑神经实验室是 10 点 50 分。这个时间比他记忆中的要早。这倒不奇怪，堵车的烦躁容易让人把时间估长。接下来，他在实验室停留了大约 40 分钟。有 40 分钟吗？太不可思议了，章毅记得他直奔李颜办公室，见她不在就走了，顶多 10 分钟。他在图书馆待的时长也远超出他的预期，竟然有 45 分钟。他的主观感觉明明不超过 20 分钟。但最离奇的是，他从实验室去图书馆前，竟去了餐厅，在餐厅待了 30 分钟。章毅以为路线出错了，他完全没有关于这段的记忆。约李颜吃午饭的不是周璐尔吗？

周璐尔、叶零，这两个人与李颜是什么关系？这两个人与他都在那天去找了李颜，同时看见坠落在地的李颜，同时晕倒，同时得了 PTSD，一切太过巧合了……

而他之所以发现了这种巧合，会不会是心理咨询师故意卖给他的破绽？想到这里，章毅先是脊背发凉，随即愤怒袭上心头。他的尊严、他的骄傲，他高度的掌控感，绝对不允许发生这种被耍弄的事。他必须抢先行动。

他从公司通信录里找到叶零的邮箱，从资讯中心名录里找到周璐尔的邮箱，立刻给他俩发了约见信息。

过去了半天，那位叫作叶零的数据分析师给他回复了消息，"为什么？"

"为什么？这个技术员应该知道我是他的老板吧，竟然毫无措辞地问出'为什么？'，八成是一个脑子很轴又缺乏处世经验的宅男。"章毅想。

他正琢磨着如何给叶零一个不可抗拒的理由，心理咨询师周璐尔也回复了。

"我们三个，未必见得了面。"

她的邮件带了一个附件，里面是李颜写给她的，实验诱导出的三个人格的描述。

"……有意思的来了，零号人格的职业是数据分析师，一号人格是一位企业家，二号人格是一名心理咨询师！"

章毅对这个内容有印象，他曾经看过诱导出多重人格实验的详细报告，比这详细多了。当时李颜就问过他，"你有没有觉得，一号人格和你很像？"

"有一点儿吧，背景挺像。"他不以为然，用简单的回答将这个话题一带而过了。小镇青年，来大城市拼搏创业，这种故事太常见了。当他看到一号人格的详细性格描述后，也一点不觉得这人的行为模式和自己相似。"聪明、圆滑，具有丰富的人际交往技巧，却仿佛关掉了共情的开关，坚韧而残酷，擅长直奔目标。"一个关掉共情开关的人，是认不出自己的面貌的。

即使是现在，他也没觉得这是在描述他。他在意的是自己的运动轨迹。如果他们三人是同一个人，的确可以解释他的记忆缺失和时间地点的不匹配。而且，自从李颜死后，那位被试也再没出现过，好像随着李颜的死一块儿消失了。各种线索都汇聚向同一个方向，指向同一个结论，章毅不知不觉出了一身冷汗。他在惊愕中站起来，胳膊肘碰落了桌上的马克杯。他绝不能接受自己并非独立完整的人。这绝不可能发生，他的骄傲不允许发生这种事。马克杯砸到地上，碎了，咖啡淌了一地。

叶零对这份人格描述的反应就简单多了。"是巧合吧。"他回复道。

叶零

收到约见邮件时，叶零正埋头于他的小世界进行紧张而愉快的运算。他盯着发信人的名字反应了几秒，才想起章毅是自己公司的CEO。至于另一个收件人周璐尔，他从来没听说过。

那段三个人格的描述，在他眼中就是个粗陋的恶作剧。数据分析师，小镇青年，从小父母外出打工，内向、孤独，一个人长久地待在家里面对着墙壁。这几项特征描述的确与他相符，但他可不会轻易中巴纳姆效应[①]的圈套。星座算命那一套能有那么多受众，都是靠巴纳姆效应。但只要懂一点统计学知识就知道，越笼统的描述打击面越大，与你一样具有这个特征的人就越多，你根本不具有独特性，更别说精准描述了。没法引用准备的留守儿童数据。"一个人长久地待在家里对着墙壁"，他倒是有这个记忆。他记得夏日黄昏，窗外树枝的影子映在卧

---

① 即人们很容易认为一种笼统的、一般性的人格描述准确地揭示了自己的特点。

室淡黄色的墙壁上，微微摇动。凉下来的风从窗户吹进来，吹拂着他脸上的绒毛，让他觉得温柔，又有点儿痒痒的。"内向"，从小到大他都被视为内向的孩子，不爱说话，总是远离集体活动，没有朋友。"孤独"，这是外界对他这类人一厢情愿的同情。人们总是把一个人待着视为孤独，他这种无法与别人建立关系的人简直孤独透顶。但他可不这么认为，这段一个人的童年片段对他而言美妙绝伦。日后他很难再找到这样僻静不受打扰的环境，能容许他一个人长久地呆坐。现在这个世界正变得越来越挤、越来越吵闹。至于"数据分析师"，这个岗位的需求量很少，相比于前面几个 tag①，在统计学中这是将范围缩到最小的一个了。所以他才认为这是一个针对他的恶作剧。

他从抽屉里拿出咨询师给他开的药，上面贴着一张纸片，记录着他每次吃药的时间。除了 8 月 2 日那天，之后的每一次吃药他都有印象。8 月 2 日正是他目睹李颜死去的日子。

如果这是个恶作剧，制造这个恶作剧的人必定在他周围，离他很近，熟知他的职业，知道他近期经历过的重要的事。他没有朋友，连称得上熟人的人都没几个，更不会向人诉说自己的生活了，除了咨询师。这么一排除，他觉得唯一可能制造这个恶作剧的，只有那位咨询师了。他答应了见面。

---

① 标签。

周璐尔

章毅提出明天在李颜的实验室见面，周璐尔回复了"同意"后，便无法继续在电脑前安坐了。她想起姑妈家的老居民楼里那条又长又黑的走廊，每次摸黑走过，她都觉得走廊的尽头有头怪兽在黑暗中等着她，却不得不继续往前走。她离开书桌，走到家中唯一一面窄小的穿衣镜前。镜中的她穿着一条裙摆略微收紧的墨绿色长裙，个子偏高，上下一般宽，缺乏女性的凹凸有致，笔直得像一柄短刀。她弯腰脱去长裙、米色衬衫和内衣，再一次审视自己。尽管性征算不上明显，但可以肯定这副身体是女人的。她开始在家中翻箱倒柜，仔细地搜索了衣橱、卫生间，床底的纸箱。多重人格患者的每个人格都有自己的喜好和穿衣品位，当某个占据身体时，会打扮成自己喜欢的模样，将另一个人格衣物当成莫名其妙的垃圾扔掉或藏起来。如果她是多重人格之一，另外两个人格是男人，必定穿男人的衣物出门。很快，她的内衣、碗具、鞋子，都零零碎碎翻在了地板上和床上，好像家里遭了贼，但她没有找到任何男性用品，也没有半点男人留下的痕迹。

也许另外两个人格不住在这儿，或者不在就寝时间出现？她有过选择性遗忘，但无法判断失落的到底是哪些时间。她设想了无数种可能性，却没有一点儿线索能够立刻证明她只是人格之一，或者证明她是个完整的人。

走廊的尽头是否有怪兽，只有走过去才能知道。

她瘫坐在书桌前的椅子上，胸部激烈地起伏。不是因为体力上的劳累，而是神经性的恐慌压得她喘不过气来。她巴不得马上天亮、马上赴约，到那时，她就能知道真相了。

周璐尔瞥见书桌中间带锁的抽屉，那是她放重要证件的抽屉。她仿佛又找到一条线索，就像沙漠中的人找到一个水坑般，疯狂翻起来。当她把咨询师资格证、工作合约、房租合约等全都搬出来铺满桌面，她看到抽屉最里面躺着一把从未见过的钥匙。这把钥匙不太大，看起来是把寻常的门上的钥匙。把头非常简单，没有任何花纹装饰，一看就是配的备用钥匙。不过把头上贴了一张白色小标签，上面写着"802"。

这个数字给周璐尔一种熟悉感。她迅速打开电脑里关于李颜的那个文件夹，翻了好多张图片后，她确定802就是李颜的脑科学实验室的门牌。这是脑科学实验室的钥匙。她既不是实验室的成员也不是学校学生，不可能拥有实验室的备用钥匙。但叶零是实验室成员，章毅是公司的拥有者，他们都有这把钥匙，十分合理。

终于发现破绽了。她不知该高兴，还是该恐慌。

她在屋里来回走动着，强行让自己安静下来。她接触过多重人格病人，她明白明天可能发生什么。也许他们中的一个或两个人格会吓得休眠，再也不出现，或者会进行激烈的争论，抢占身体的使用权。她不希望陷入更深的混乱。三个人格中只有她能担负起沟通的任务。她不能散架，不能慌乱。她必须做好即使自己只是人格之一，这副身体依然能有效运转的准备。

她从柜子里翻出一个落灰的摄像头，匆匆套上衣服前往实验室。进门就是实验室成员们日常开会的大开间。她环顾四周，迅速确定了书架顶层的位置，随即将摄像头摆了上去。

对于多重人格患者来说，接受自己有多重人格是最难的一步，但又是必须跨出的第一步。每个人格在认清自己、接受自己之时都会经历一个漫长的排斥、惊恐和沮丧的过程。每个人格的性格不同、接受度不同，反应也不尽相同。让他们看自己多重人格表现的视频，是最直接、有效的方式。这是周璐尔在治疗多重人格患者时学到的方式，没想到有一天会用在自己身上，她不禁苦笑起来。

下一步是建立三个人格的初步沟通方式。她拿出纸笔，写下一行字。

"我是周璐尔。8月28日，凌晨5点。我来实验室安装了摄像头。我们可能要面对一个不太容易接受的真相，请大家做好心理准备。"

做完这一切，周璐尔趴在书桌上沉沉睡去了。她做了杂乱破碎的梦，梦见她没有地方可去，梦见儿时姑姑、叔叔们鄙弃的面孔。"你是谁，这里没地方给你睡觉，哪儿也没你的地方。"他们对她说。她跌入虚空，被卷入深不见底的黑暗，一种"窸窣"的声音围绕在她周围，像指甲盖磨玻璃般令人心里发慌。她猛地睁开眼睛。

已经是白天了。门口传来钥匙开锁的声音。"咯哒"，门开了。一个穿着T恤和发白牛仔裤的男人低头走进来。他略微驼背，背着一个大双肩包，嘴唇紧闭。紧接着，另一个男人走进来。这个男人与上一个身高体型差不多，气质却截然不同，脊背笔直，胸肩展开，回身关门的动作简洁、落拓。

墙上的时钟正好指向九点，是他们约定见面的时间。

周璐尔松了一口气，恍如从噩梦中醒来。因为此时她清晰地看到，他们是三个人，拥有三副身体的、三个独立存在的人。可是下一秒，当两个男人转过脸来，她又跌入一个布满碎镜子的可怖梦境。

三人照镜子般相互盯视，目光激烈地颤动，来回对照着彼此脸上的细节。瘦削的脸颊，高高挺立的鼻子，深陷的眼，他们居然拥有同一张脸。

胎盘

实验室里一切如常。半旧的立式空调"哗哗"作响。墙上的投影幕布仍旧没人收，耷拉着一张惨白的脸。两张长桌拼起的会议桌上随意摆放着茶杯和小零食。白得刺眼的阳光透过百叶窗的缝隙，投在会议桌旁一张浅褐色的摇椅上。那是李颜钟爱的椅子。这是叶零所熟悉的、为数不多的让他感到宁静的日常。但是现在，围绕着会议桌的三张相同的面孔打破了这份宁静，仿佛三个本来平行的世界，因为什么原因冲撞到一起，处处都透露出一股疏离的怪异和非日常的不安。

"万亿分之一的平方。"叶零冷不丁说出一个数字，打破了三人之间僵持的沉默。在另外两人狐疑的注视下，他继续解释道："在全球74亿人口中遇到另一个和自己有八个相同面部特征的人的概率是万亿分之一。同时遇到两个的概率就是万亿分之一的平方。"

周璐尔一反常态地嗤笑了一下，仿佛平日里的严肃与谨慎都被耗尽了。"那还不如我们是实验样本的概率来得大些，从出生起就被当作实验品观察一生的同卵三胞胎。"

"这是什么实验？"叶零问。

"一个发展心理学领域的研究范式。用同卵双胞胎作为实验观察对象，天然排除掉基因的影响，再将他们放在不同的环境中养大，看他们会受到环境怎样的影响，长成怎样各有特色的蠢蛋，就像我们现在这样。"

周璐尔一边解释一边觉得自己的解释毫无意义，因为缺乏逻辑的荒诞不经才是这个世界的本来面目。她做了那么多猜测与心理建设，到头来面临的现实仍然大大超出她所能理解的范围。这种不可控感，简直逼得她近乎发疯。

另一个快要被逼疯的是章毅。他忍不住骂了一句脏话，"你们心理学家，都以算计人为乐吗？"

此刻，他们三人的脑中同时想到了一个人。这个人认识他们三个，分别和他们中的每一个谈过话，一定早就发现他们长相相同了，这么久以来却没有捅破，一步步诱导他们，看着他们走向今日这样滑稽的相见。

"咯哒，咯哒。"走廊里传来一阵由远而近的脚步声，带着清冷的回声，不紧不慢。紧接着是钥匙碰撞锁的声音。门把手转动了一下，门开了，进来的正是他们共同的心理咨询师，萱。

"你们见面的速度，比我预想得要快。"她一点也不惊讶，就像是在说一件迟早要会发生的事。

章毅皱起眉，努力克制着掀桌的冲动，维持着基本的体面，"你的目的到底是什么？"

萱放下手里的包，从桌面上的抽纸里抽出一张纸巾，擦去会议桌上一层细细的灰尘，然后半倚着坐了上去。

"我能理解你们的愤怒、困惑，或者不甘。"她一副什么都知道的口吻让章毅更加恼火了，"但我费尽心力做这些，不是为了害你们，而是为了拯救你们。"

三双深陷的眼睛静默地盯视着她，充满戒备和不信任。但她可没那么容易被吓到，她叹了口气，说：

"太不容易了。从唤醒每个人格被压抑的记忆，引导每个人格接受李颜的死，到让每一个人格接受自己可能是多重人格之一。"她将脸转向周璐尔，继续说，"你应该明白吧，要一个多重人格患者的每一个人格接受事实，有多麻烦。"

周璐尔的身体微微颤抖，她又变回了那个战战兢兢试图摸索世界脉络的虚弱的孩子。"那我们是吗，多重人格？"

"你的猜想和推理都没错。你们的确是多重人格之一，曾经共享一副身体。"

"什么叫曾经？那现在呢，现在是怎么回事？"她指着两外两张相同的脸，仓皇地求答案。

"掀开你们的衣服，看看对方的身体吧。"萱说道。"这才是世界的真相。"

章毅和叶零怒视着她，但还是试探性地掀起了肚子上的衣料。周璐儿看到，他们的躯干是一块透明玻璃，里面封装着精密的金属零件，就像一台被打开的电脑主机。她连忙掀起自己的衣服，看到的却是普通皮肤，就和在家中镜子里看到的一样。叶零和章毅也惊讶于另外两人的机械身体，但看自己时仍是人类皮肤。

"你们接收的视觉信息被调整了，只有你们看自己的身体是人的皮肤。实际上，你们现在看到的彼此的模样，才是你们真正的样子。"

"怎么可能，我明明……"周璐尔将双手举到眼前，握拳、展开，又握拳。这明明是一双灵活的人类的手。

"我也是第一次见到感知觉理论被这么彻底地运用，现在的机器人技术真是让人佩服啊。"萱说。"人类意识分为基础感知和上层感知两部分。基础感知主要来自外界信息和自身的生物信号。上层感知是对感知的感知，也是自我意识和人格形成的部分，主要形式是人格化模块。但是人的感觉并不可靠，无非是受限于人类器官的局限性收集到的不尽完整的外界信息。就像人的记忆也不可靠一样。没有人可以记住一生中每时每刻的感受，重要事件的记忆塑造一个人的人格。而不完整的基础感知，塑造人类的上层感知。"

"你从刚才到现在，到底想说什么？"章毅不耐烦地打断她。

"别急啊。也就是说，只要改变这些基础感知，就能改变上层感知。改变人类的基础感知挺复杂的，可能得动一动神经，切一切脑子了。但在机器人身上，就简单多了。因为机器人的感知器官是人造的，接受什么信息完全由人决定。"

"相比于改变感知器官，直接修改接收到的外界信息代码要方便得多……"叶零陷入专业领域的痴迷，"真是高明的选择啊。再真实的仿生人，也有露出马脚的一天，为了减少露出马脚的可能性，增加的研发费用会越来越高。增加真实感，不如直接修改基础感知信息来得高效。所以我们看到的自己，都是经过处理的，并不真实的视觉信号……"

叶零的声音开始颤抖，盯着另两个人使劲看，他知道那才是他真正的镜子。他们有着人的脸、人的手，人的皮肤和头发，衣服下的躯干却是由机械组成的。

"对。你们是彻头彻尾的人造物，有仿真皮肤，金属的内在支架，电力供能系统，人造神经元大脑。眼睛看到的所有影像，耳朵听到的所有声音，都被变成文件保存在控制后台。"

"这又是什么实验？"章毅转向周璐尔问道。他已经对这个不断颠覆自我认知的局面忍无可忍了。但周璐尔只是两眼空洞地盯视着虚空，什么话也说不出来，仿佛在身份被戳破的时刻就立刻失去了自主思考能力。

但章毅还是无法相信。他明明还具有人的情绪，感受到生而为人的自尊受到侮辱时的愤怒。"如果我是个机器人，为什么我现在会这么恼火？自我意识觉醒的机器人吗？可笑，哈哈！"

"自我意识这个问题就复杂了，不是我能解释的了。但我可以确定的是，你们的一切设计，都是为了让你们觉得自己是个人。你们露在外面的人造皮肤和脸，不过是装饰。事实上，除了你们自己，其他人都不需要真的认为你们是人。"

"最像人的人工智能，才能最高效地履行人类的工作……"叶零低声念叨着，这是李颜的实验室拟定的目标和方向。他为目标的实现而激动、而感激，同时又忍不住流下眼泪。多么真实的眼泪啊，连同心里的悲伤，这可真是优秀的人造泪腺系统。他马上又想到刚才萱说了，真实的不是系统，而是他们的主观感觉。是调整过的感觉，让他们觉得自己是真实存在的人。

他又想起李颜的脸，想起她耐心而温暖的注视。"那我们的感情也是假的吗？记忆也是假的吗？"

"不。你们身上唯一属于真人的，就是人格模块，包括属于各个人格的记忆。"萱说。

"原来李颜找到了灵魂的支点，人格被成功分离出来传导到人工智能身上了。真好……"叶零说，"只不过，我没帮上什么忙……"

而章毅依然在他的人类身份里打转，无法走出，"什么？已经实现了？哈哈！为什么我不知道，我是公司的 CEO，为什么我会不知道？"他觉得自己连角色扮演都一败涂地了。

"这个就关系到，你们在被分离出来前分配到的时间了。"

"我们是什么时候被分离出来的？李颜死后？"周璐尔问。

"没错。"

"你在调查李颜的死因？为什么？"周璐尔问她。

"我只是受人之托，一份工作而已。"萱回答，"另外我的专业领域不是 PTSD，而是多重人格障碍的治疗。"

两周前，萱接到一个来自公安局的工作委托。萱不是第一次接到公安局或律师的委托，要么是哪个多重人格患者犯了案，需要对多人人格进行审问；要么是有犯罪者假装自己是多重人格障碍，想借此逃脱惩罚。但这个委托更加离奇，因为她要治疗的对象不是一个人，而是三个人。更准确地说，是三个处于休眠状态的机器人。

"我们的人格，是怎么被移植到机器人身上的……"叶零不甘心地询问。

"这我怎么知道呢，我又不是技术出身。总之我的委托人告诉我，多重人格分别在三个机器人身上，我也只能接受我的治疗对象是机器人这么荒诞的事。"

萱第一次唤醒三个机器人时，发现他们的时间感和自我感都混乱不堪，而且都不记得李颜死亡的事，问不出任何有用的信息。不得已他们才实施了这个冗长的计划。他们将三个机器人恢复到传导完成时的初始状态，搬到不同的卧室，将卧室装潢成和主人格住处一模一样，让他们在熟悉的床上醒来，作为独立个体继续之前作为人格时的生活，就像个独立的正常人，但记忆的缺失感是无法避免的。所以接下来，我才告诉他们，他们得了 PTSD，然后以治疗的名义引导他们回忆与李颜相关的内容。

"你只需要问出当天的情况，辅助调查出李颜的真正死因，就大功告成了。何必告诉我们，我们的'身世'？"周璐尔问。

"是这样的。但是，调查失败了。"萱毫不避讳地说。"如果你们说的都是实话，李颜死前最后见的人，不是你们三个的任何一个，而是你们的主人格。"

"那个消失的被试？"章毅问。

"对。他在李颜死亡的当晚，实行了人格分离。"

"他是真正的人吧，拥有真正的人的身体。你怎么不直接去问他？"

"见到他，你们就明白了。"

空荡荡的 VIP[①] 病房里，周璐尔、叶零、章毅三人围绕着一张雪白的病床伫立着。床上直挺挺地躺着一个男人，他紧闭双目，头上包裹着层层叠叠的纱布，但一眼就可以看出纱布中间的五官与他们三人的

---

① Very Important Person，贵宾。

是同一套。这就是他们原本寄宿的身体，也是他们仿生人身体的原型。

"他应该早就有实施人格分离的准备吧。"章毅说，"准备三个仿生人可得花费不少时间。"

"关键是，他选择了在李颜死后的那晚实行分离，然后一睡不起。"萱说。

他的鼻子和手臂上都插了管子，被子下面还伸出一根导管连着床下的尿袋，看起来病入膏肓。

"他怎么了？"周璐尔问。

"昏迷。自从完成分离后，就没醒来过。"

"在人格分离过程中受伤了？"

萱摇摇头，"医生检查过，他的身体和大脑都没有任何损伤，基础的神经反射和生命系统都很正常，就是醒不过来。"

"植物人？"

"很像。但就连植物人的大脑神经电反应都比他的多。只能推测，他本身毫无活下去的信念，一心求死。"

"意识死亡？"

"说人格死亡也许更符合现在的情况。"萱说。"有些多重人格障碍患者之所以丧失主控人格，是因为主控人格逃避现实，想要自杀。他们的主控人格隐没在意识深处，再也不愿意出来，现实的一切全由其他人格去面对和分担。"

"那主控人格就再也醒不过来了吗？"

"能醒来，但需要其他人格的配合。"

"你想让我们做什么？"章毅警惕地问。

"我希望你们进入他的身体，回到有一束光的房间，叫醒他。"

三人面面相觑。他们都没有做好准备。既没有准备好接受自己非人的身份，也没有准备好再次放弃独立的身体。

"他就是李颜最后见的人，对吗？"叶零祈求般望向萱。

"我也不知道。"萱如实回应道。

"你明知道我们都在探究李颜死亡的真相。"周璐尔说，"你在利用我们。"

"要说利用也可以。"萱面不改色地说，"事已至此，现在获知真相的唯一一条路，就是回到他的身体里。你们愿意吗？"

三张相同的脸面面相觑。他们都没有做好准备。既没有准备好接受自己非人的身份，也没有准备好再次放弃独立的躯体。

"进入后，还能再出来吗？"叶零小心地问道。如果回不到这具机械身体里，他获得知觉的时间只能由主人格调配，大部分时间只能待在虚无的黑暗中一无所知。这就是他过去半年的生存状态。

"要看主人格的决定，看他是否愿意配合。"萱回答。

"万一出不来……"周璐尔犹豫着。虽然最糟的结果不过是恢复原样，但在已经获得对身体的掌控后，再放弃，完全交回控制权，对每个人来说都是困难的。即使她知道，自己作为独立人格的那一点可怜的掌控感，不过是感官信息被编码后带来的错觉。

"我是不会去的。"章毅几近仇恨地盯着躺着床上的男人，"搞不好这副身体马上就死透了。"

此刻躺在床上靠营养液续命的男人也叫章毅，35岁，出生于一个沿江小镇，典型的留守儿童。转辗于各个亲戚家度过了看似热闹、实则孤独的童年。少年时的敏感使他在第一次喜欢上女孩时患上了情绪障碍，大学时与喜欢的心理学专业失之交臂，后来迫于生计进入管理咨询的行当，打拼十余年，赢得了一席之地。然而野心和理想没有在他心中消退。后来，他遇到了李颜，他抓住了一个极好的机会，一个既能实现抱负又能从事所爱专业的机会。这个机会，使他甘愿拿自己当实验品，将自己分裂成四份。这是真正的章毅的人生。此时站立在床边的章毅想，原来那些记忆、地位和荣耀，都属于床上这个男人，自己只是他的分身之一。只有真身死了，他这个分身才能成为真正意义上独立的人，即使他拥有的是一副机械身体。有那么几秒，他真心实意地希望他死掉。

"技术资料不想追回了吗？这位章毅已经研发出来了。"萱对他说道。

"分离人格的机器不是已经做出来了吗？拿过来研究一下就行了。"章毅满不在乎。

"分离机我收着呢。你觉得我会轻易拿给你吗？"萱说。她的冷静与冷漠与一个替人分忧的咨询师的形象完全沾不上边，章毅想，这个女人真是擅长狠辣地抓住别人的弱点。

"况且，你真的对李颜死亡的真相毫不在意吗？"她信心十足的口吻令人生厌。

"他就是李颜最后见的人，对吗？"叶零祈求般望向萱。

"我只能说有很大可能。也许你们四个都没见过她最后一面。"萱如实地回答。

"我之前去办公室找她，她很生气地跟我说，'不管你是谁，都没法阻止我解散项目组。'现在想想，她是不是上一秒还在和其他人格说话，才会突然把怒火发在我身上？"叶零认真地说。

"她给我发的邮件里也有类似的话，'我现在最希望来的人就是你'。"周璐尔说，"也就是说，那时候主人格已经混乱了，我们几个经常没规律地反复出现。"

章毅也想起李颜最后一通电话里说的话，"别让我对你们一遍遍重复了"，显然是对他们四个说的。但他马上意识到这又是萱的陷阱，"这个女人，很清楚我们都想知道李颜死的真相，她不过是想利用我们为她办事！"

"要说利用也可以吧。"萱仍面不改色，"事已至此，现在获知真相的唯一一条路，就是回到他的意识空间中去。"

"我去。"叶零坚定地说。

"我也去。"周璐尔跟着说。

"你呢？不想去看看分离机吗？"萱转向章毅，露出一个胜利的微笑。

看到她一副计谋得逞的样子，章毅越发愤怒。但他最后还是屈服了，同意一起前往。

萱带他们去的地方，是图书馆顶层的阁楼。那里原本是存放破旧书籍的仓库，一年前大整理了一次，大部分旧书被运出去销毁了，这里就空了出来，一时没人管，成了一个杂物堆积的空间。昏沉的楼道里，萱借着手机的光，将一把被磨的发亮的铜钥匙插进生锈的锁眼。

"实验室怎么设在这种地方？"周璐尔环顾着这个狭窄的楼梯间，楼梯扶手和大理石铺的地面都积着厚厚的灰尘，显然常年不怎么有人来。

"因为项目通不过伦理委员会的审核，也就没法在学校申请到正式的实验室。"章毅解释道，尽管他的记忆里根本没有关于这个实验室的记忆。

门开了，一股祛除不掉的老旧书刊的气味混杂着灰尘扑面而来。和每一层的阅览室一样，这间屋子也是一个细长的长方形，只是天花板的高度矮了三分之一，两排大落地窗也变成紧挨天花板的窄窄的一道玻璃，像开了两条缝的匣子。

房间最深处，靠着墙摆放着一张木质沙发椅和三个一般高的竖立的盒子，三个盒子上方都伸出丝丝缕缕的线缆，刚好在椅子上方连接成一个圆环。那三个盒子里映出人的形状，就像拿出模型玩具后剩下的包装盒。

"被遗弃的胎盘。"周璐尔盯着三个盒子说道。

"我们……诞生的地方？"叶零和章毅也很快明白过来，因为三个盒子里的人形与他们的身型基本一致。这简陋粗糙的人生起点真叫人绝望。

他们是被抛到这个世界的，周璐尔想。但很难说这一定比从人类子宫中诞生的体验感差。被从一个逼仄、潮湿的管道中挤压着排出，想来也是恐怖的体验，不然人类诞生之时也不会"哇哇"大哭了。

周璐尔捏起悬在空中的圆环，那是一个人类头围大小、金属制的圆环。圆环内侧朝内伸出一圈整齐的短线，有点儿像透明塑料，但尾端锋利得像针。

"这是什么？"

"据说警察发现章毅时，这个圆环就套在他的大脑皮质上。"萱说，"我是指主人格的章毅。"

周璐尔不由地瞪大了眼睛，"他把这些细针插进了大脑？"

"应该是这样的吧。"

叶零想起了开会时李颜说过的话，"李老师说过，因为我们目前找不出严格区分大脑各个功能分区的界线。但功能区神经细胞产生的信息流并不只有一条通路，而是通过包含无数根神经纤维的纤维束顺流而下的。所以目前的解决方案之一是将人造神经纤维以均匀的密度插入皮质，每一根人造纤维就像从主电路中接出的一小束电流，基本能保证信息被完整地传导过来。"

"这就是个粗糙得不行的 DEMO[①]。"章毅说，"主人格真敢玩，没死真是命大。"他还是做不到用自己的名字称呼真正的章毅。

"你很惊讶吗？"萱说，"照理说，你继承的就是他的冒险人格部分，而且是他的夸大版。还是说，你不敢了？"萱故意调侃他。

章毅哼了一声，"没必要激我，冒险和理智并不矛盾。我说过我会去的。"

他们把设备搬回主人格章毅的病房，将三个盒子靠墙依次立在病床旁。一切准备就绪后，周璐尔、叶零和章毅，分别站进盒子中。他们的身体完美地嵌入盒中的凹槽，贴合的紧密程度让叶零猜测自己身体里有磁力在和盒子响应。紧接着，一个插头一样的凸起自动插进了他们的后脑勺。原来后脑勺有插口啊，章毅在心里冷笑了下，这是他

---

① 演示；示范。

第一次明确感知到，自己的确是个机械体。

"准备好了吗？"萱的手中捏着控制器，"我先让你们进入休眠状态。"

周璐尔看着一个戴着口罩的外科医生一点点拆开人类章毅头上的纱布，然后突然坠入虚空。

有一束光的房间

意识再次恢复时，他们发现周遭一片漆黑。等眼睛慢慢适应了黑暗，他们看出这是一个空空的房间。周璐尔摸到粗糙的墙壁上有一些凸起的颗粒，像是废弃了很多年墙皮脱落的老房子。

"有没有灯？找找灯。"章毅不自觉地发号施令。

他们沿着墙壁慢慢行走，脚下腐朽的木地板发出令人不安的"吱呀"声。他们摸索了很久，除了墙壁没有碰到任何东西。

"哒。"没有任何人摸到开关，灯光却突然亮起。一束橙黄的光从天花板照下来，在黑暗的空间形成一个发光的圆锥体。整个房间变亮了一点儿，木地板显露出焦黑的颜色，像经历过火灾。墙壁也灰蒙蒙的，脏得看不出原本的面目。

周璐尔走到光束旁，将手伸进光里。她的手指被映成橙黄色，温暖感顺着指尖往下流淌，她察觉到了身体的存在。"这就是萱说的一束光吧，光束圈出的范围可以感知外界。"

"只要站进去，就能与外界沟通是吧？"章毅说着，率先站到了光束下。下一秒，他看到了病房的墙壁。不过他进入前面对的是窗户左边的墙壁，现在他面对的是窗户右边的墙壁，就是主人格的病床面对的位置。紧接着，他的脑袋剧烈地疼痛，他禁不住龇牙咧嘴起来。他脸上的肌肉僵硬极了，像个死人。

"成功了？"萱的脸出现在他上方，难得露出了一丝兴奋。"现在告诉我，你叫什么名字？"萱问。

"我是章毅。现在是我站在光束里。"

"好。看来房间没有被完全废弃。"萱说，"现在把主人格找出来，看他在哪个角落躲着。"

章毅离开光束，他们三个贴着墙壁搜寻起来。这间房间不大，而且空无一物，看起来没有任何可以藏人的地方。

"他该不会已经消失了吧？"

"不会的，如果他彻底消失了，这间房间多半不会存在。"周璐尔说，"我们试着喊他的名字,最好是小名。有没有人知道他小名叫什么？"周璐尔望着另外两个人，她的记忆里没有被别人亲切地喊小名的经历。

叶零也摇摇头。章毅犹疑了好一会儿，才艰难地吐出，"小易儿。他奶奶这么喊他。"

他们开始呼唤小易儿。又转了几圈，他们终于在一个黑暗的角落里看到了一个棺材大小的木盒。

"刚才没有这个吧？"

"没有，像是突然出现的。"

"真像棺材。"章毅嫌弃地说。

"看看能不能打开。"

他们摸索着木盒的边边角角，寻找开口。叶零将手指伸进上方的一条窄缝，用力往后一推，一块木板滑了出去。

"真是一口棺材……"叶零小声说。

他们把面板完全推出，倚靠着棺材摆在地上。里面躺着一个男人，浑身黑乎乎的，像一具死去多时的尸体。

"章毅，章毅？"周璐尔一边呼唤他的名字，一边伸手拍了拍他的脸颊。他的皮肤很凉，但并不僵硬，也不腐败。

棺材里的男人终于动了一下眼皮。他的嘴呈现出一个向下的弯曲，好像正在承受极大的痛苦。接着，他的嘴巴张开，整张脸都皱了起来，呈现出一个大哭的表情，眼睛却仍紧闭着。像刚出生时大哭的婴孩。首次呼吸艰难完成后，他睁开了眼睛。看着上方三张相同的脸，他无动于衷，眼底尽是灰烬。

"你们怎么还在这儿？"他说话了，"分离失败了吗？"

"没有。成功了。"叶零说，"非常成功。作为人工智能，我们都运转得很好。"

"而且好过了头，我们都以为自己是人呢。"章毅的话里透出难掩的不悦。

"那你们为什么还在这儿？"

"我们是专门回来唤醒你的。"周璐尔说。

"何必呢。你们走吧，帮我把棺材盖盖上。"主人格章毅再次闭上了眼睛。

周璐尔清楚，对于自我封闭的病人不能硬来，否则会遭到更强烈的抗拒。"我们遇到些难题需要你帮助，你可以回答我们几个问题吗？"

她温柔地问道。

"李颜是怎么死的？"周璐尔还没来得及阻止，分人格章毅就脱口而出了。

听到李颜的名字，主人格章毅一下子从棺材里坐起来，浑身颤抖。

"你看你做了什么？"周璐尔用责备的眼神瞥了一眼分身章毅。

主人格章毅伸手拉过立在一旁的面板，往上滑，盖到自己的胸口，重新躺了回去。

分身章毅不管不顾，伸手抓住面板，不让它继续滑过去。"我们都进来了，你别想逃避！"

主人格露出一丝惊讶，他被分身章毅身上透出的强烈生命力震慑到了。"我记得你，你是我们中最野心勃勃、最有行动力的人。就由你来掌控这间房间和这副身体吧。或许你还能度过完美的人生。但那个世界，已经与我无关了。"

主人格章毅平静地闭上双目，分人格章毅想要再次推开面板，被周璐儿拦下了。

"听我的好吗？"周璐尔扶住章毅的双肩，"这种时候我们更要慢慢来，着急只会事倍功半。"

周璐尔趴在面板上，轻轻地说："我知道你现在很难过，我们不逼你，你也不要逼自己……"可是无论她怎么劝慰，棺材里的章毅都没有回应，仿佛全聋全瞎。

"有个毛用！"分人格章毅用力推开棺材面板，粗暴地抓住主人格的衣领，将他拖出棺材，往光束里拖去。

"你在做什么？"周璐尔冲他大喊。

主人格的身体无力地在地板上挪了一小段，便消失了。章毅只抓到一把空气，差点脸朝地摔下去。他往棺材里看了一眼，主人格竟又躺回去了，躺得直挺挺的，仿佛已经躺了一个世纪，而且打算永永远远躺下去。他怒不可遏，又伸手抓住主人格的头发，再次将他拖出了棺材。但主人格再一次消失了，又平静地躺回棺材里了。

"没用的，"周璐尔说，"这里是意识空间，除了交流外，不具有任何行动能力。而且他即使躺着也是我们的主人格，拥有大部分控制权。"

章毅开始疯狂地用脚踢棺材，直踢到大汗淋淋也不停止，脸上扭曲成可怕的表情。

"你疯了吗？"周璐尔大喊道，也失去了克制力，"你就想当主人格霸占身体是吧？"

"对！这个男人，没有一点用处！"章毅怒吼着，"你也没用，就知道犹犹豫豫、磨磨蹭蹭，不过都是逃避的借口！"

周璐儿狠狠推了章毅一把，"你又是什么？你就是个没有共情能力，不择手段，反人类的怪物！"

两人狠狠摔倒在地，地板发出"吱吱"声，连墙面也跟着裂开了一道小缝。

一直没吭声的叶零怯怯地后退了两步，恰好站到了光束下。

萱看到章毅睁了眼，但眼神是怯怯的、收敛的，像个慌张的孩子。

"你是叶零？"她试探地问他。

"嗯。"

"你怎么出来了？里面怎么样了？"

"他们在吵架。"叶零回答。

"谁和谁吵架？"

"周璐尔和章毅。"

"这个时候吵架？"萱做出一个无药可救的表情，"那主人格呢？"

"他还躺在棺材里，不理我们。"

"他们俩在吵什么，你能描述出来吗？"

叶零详细地复述了一遍他们吵架的内容，萱听完，分析道，"章毅这个人格渴望力量，憎恨软弱。周璐尔却生性敏感，又对自己有很高的道德要求，容易自责。他们陷入内耗了。"

"听起来无解啊。"叶零沮丧地说。

"办法还是有的。你就是他们自我保护的缓冲区。"萱说，"现在主人格持续自我封闭，房间已经因为你们的行为发生了改变。我要你回去，努力想象最能让你平静的画面，这样就能反过来对他们施加影响。你能做到吗？"

叶零不太有信心地点了点头。

他走出光束时，周璐尔和章毅仍争吵不休。他叹了口气，背对着他们，独自面对空墙壁，并没有太费力，滑入了自己的想象空间，就像他每日在地铁里通勤的人潮中所做的那样。

过了一会儿，墙面上出现了一道树枝的影子。树枝上的叶子微微摇动，好像有风。影子之外的墙壁变得明亮起来，好像覆上了一层下午三点的阳光。叶零轻轻微笑，背后的吵架声也停止了。黑暗的墙角亮堂起来，出现了一个带书架的学生写字桌，桌上有一台笨重的老式计算机，灰蒙蒙的液晶屏上是超级玛丽的界面。那是他珍贵的欢乐游戏时光。他回过头，看见周璐尔和章毅已经忘了吵架，目光呆滞地追随着渐次发生的变化。房间另一侧出现了一张熟悉的挂着蚊帐的床，只不过床品都是焦黑的，蚊帐上也有很多烧出的破洞，地上落满灰烬，破败的景象令人心灰意冷。

叶零转回去，继续投入想象。他想到第一次在实验室见到李颜时的情景，李颜用温暖的目光注视着他，包围着他，使他仿佛置身温暖的海洋。

灰烬被暖流卷走，蚊帐上的破洞逐渐缩小消失，慢慢恢复了原本干净的乳白色。

李颜面露笑意，像看到什么有趣的新鲜玩意儿，兴趣十足地向他伸出发亮的指尖。叶零小心翼翼地伸出手，正准备鼓起勇气去触碰，那张脸却碎掉了。取而代之的是一个浑身青紫的人脸朝下趴在地上，手臂和腿扭成奇怪的形状，像被折碎的玩偶。暗红色的血从她的头下流出，像爬行的蚯蚓。

眼泪从他脸上"簌簌"流下，"李颜，她死了……她怎么死了呢……"

房间中央的那束光突然灭了，变成一个没有灯的房间。一阵"轰隆隆"的巨响冲击着他们的耳膜，地面随之震动，地板和天花板同时裂开了两道口子。狭长的口子像儿童手中被撕裂的纸一样毫无章法地向四周扩张，扩张出了更多隙缝。三人被晃动的地面震倒在地，紧贴着地板向各个墙角滑去。整个房间土崩瓦解，带蚊帐的床从缝隙里掉了下去，书桌裂成了两半。他们从缝隙里往下看，那里什么都没有，只有一片虚空的白色深渊。而这个房间裂成了大小不一的四瓣，他们三人各趴在一个墙角颤抖，惊魂未定。

剩下的一个墙角那边贴着墙摆放着一具棺材，那里传来一个气若游丝的声音:"我们永远都出不去了。是我杀死了她。"

分裂成四瓣的房间悬在虚空中,相互间的距离仿佛很远,又仿佛很近。因为缺少大背景的参照,他们无法用肉眼衡量这里的景深,只是直觉无法逾越。那道连接外界的光束早已没了踪影。碎屑不断从裂缝和天花板上掉下来,纷纷扬扬,好像一场哀愁的雨。

分人格章毅从脚边的破烂家具中捡起一根折断的桌脚,奋力往棺材那边扔去。

"你跟我说清楚!你杀了她是什么意思?"他仍然陷在疯狂里,与此同时,一股隐秘的悲伤从他心中涌出。可他来不及去细细体会,愤怒填满了他的心。

另一边,叶零蜷缩在墙角瑟瑟发抖。他的周围尽是撕碎揉皱的纸张,上面有一些他熟悉的数据模型,也有他没见过的脑电图。他好像身处实验室的一角,但这并不是他熟悉的那个实验室。

勉强保持冷静的只有周璐尔,她疲惫地坐在地上,手掌按在布满渣滓的地面上强撑着身体。她纤细的神经在震动之下越发敏感,她同时感受到来自叶零和章毅的强烈不安,棺材那边不断下沉的死寂,这破碎空间摇摇欲坠。

她看到章毅又将半个桌子在地上砸成几瓣,朝棺材砸去。这里的物品比先前多了好多,她想,房间一定是在分裂之前就依照他们中谁的意志改变了面貌。这不是真实的物理空间,遵循的是意识世界的规则。这里的一切都是由意识决定的,只要找出这个世界的规则,就能让这里恢复原样。

"对不起……对不起……我刚才……"叶零磕磕绊绊地嘟囔着。

"你怎么了？"

"萱让我想象……宁静的画面。可是我不知道会这样……"

周璐尔明白了，这个空间会被他们的所做所想影响，崩塌前灰烬的褪去，床和书桌的出现，都是依托于叶零的想象。"你在崩塌前想到了什么？"她问。

"李颜的死……但这不是我主动想的，这个画面自己进入我的脑袋……我控制不了……"

"没关系，不是你的错。"她安慰着叶零，"李颜死亡的画面在我们每个人头脑中都存在，现在没法判断是由我们中谁激发的。"

按照萱的说法，房间的形态主要由主人格控制，但主人格力量式微时，就会受到他们三人之间力量博弈的影响。那么造成眼前这副样子的是谁呢？换句话说，现在这是谁的房间？

这里的所有东西都是零落的、破碎的，仿佛遭到入室抢劫犯的暴击。她翻了翻脚边玻璃质感的碎片，将它们拢到一起，那是一部碎成四五块的手机，屏幕仍然亮着。当她将碎片拼到一块儿，出现的是一张李颜的照片。在浅蓝色的天空下，李颜坐在天台中间一块凸出的水泥墩上，肩膀上披着厚围巾，手里端着一罐可乐。她随意的马尾飞扬在空中，享受着风。她扭过头，用惊讶又包含笑意的眼神望向屏幕之外。周璐尔搜集过李颜所有的公开照片，从没见过这一张，显然是亲密的人所拍。照片左下角显示的日期是 1 月，半年多前，这个时间，他们三个人格还未诞生。

"这只能是主人格的房间了。是主人格章毅造成了这次分裂。"周璐尔说。

多好的照片啊，李颜的姿态放松肆意，眼神温暖而不设防。她眼中之人也是熟识的朋友吧，大概经常一起相约来这里吹风。这本该是张美好的抓拍。周璐尔怜惜地触摸着屏幕上刺目的裂痕，物理世界里碎掉的屏幕一定会黑掉，它们却完好地显示着色彩，这只能代表意识主人内心的破裂感。这张照片并不是手机屏保或桌面，从顶栏的标识来看，这是手机内部的一个收藏夹，私人意味非常浓厚了。可见这张照片的印象如此强烈的留在章毅的记忆里，说明他总是重复这个动作，打开、盯着，就像她收集李颜的资料时经常做的那样。周璐尔立刻明白了这种感情，一种不公开的、秘密的爱慕。

她忍不住冷笑起来。他们每个人，他们四个，都只会在暗中默默关注李颜吗？哪怕成为合伙人，哪怕共同经历冒险的实验，都没有对她表达出心底的爱意？

周璐尔决定赌一把。她朝棺材喊道，"你不可能杀李颜。你那么喜欢她。"

碎屑"簌簌"掉落的声音停止了，整个空间安静得令人窒息。叶零和分人格章毅也停了下来，都将注意力转向了棺材的一角。

"我们每个人都喜欢她，却没有一个人敢对她说出口。这就是我们，就是章毅。一个只会用各种方式逃避情感的人，热络也好、理智也好、漠不关心也好，只敢在手机里偷偷藏一张一起在天台吹风时偷拍的照片！"

棺材所在的房间突然间失去天花板，变成了一个裸露的平台，灰白色的地砖中央有一个长方体的水泥凸起，平台边缘围着黑色的栏杆，有风吹过。

平台上出现了一个女孩瘦削的身影，她突然弯下腰，一手捂住肚子，踉跄着后退了几步，另一手扶住身后的栏杆。可是栏杆突然倾斜，从平台边缘掉了出去。女孩随之后仰，整个人摔出了平台。

紧接着女孩又出现在平台边缘，弯腰、捂肚子、扶栏杆，从边缘跌落。然后再次出现。坠楼的动作在三人面前循环，像不断重复的噩梦。而在她坠楼的当口，站在她对面的，就是此时将自己关在棺材里的章毅。

"是我杀了她，是我杀了她……"章毅虚弱的声音像一片枯萎的落叶。

分人格章毅暴跳如雷，"你就这么眼睁睁地看着？你为什么不救她？为什么不救？！"谩骂之词从他口中迸出，因无能而产生的愤怒源源不断地侵蚀着这里，他所站立的地面变得越来越小。而叶零紧闭嘴唇，像一片影子，在渐渐变淡，几乎和墙壁融为一体。

章毅第一次产生自杀倾向恐怕就是这么发生的，周璐尔想。三个人格全都处于不稳定状态，所以他才决定分离出他们，自己进入自我封闭的状态。显然他没有直接杀死李颜。李颜的死，大概率是一个意外事故。他的内疚，应该来源于自己没能救下李颜。只要能解开这个心结，就能让章毅放弃自杀了吧。

她脚下的地面正在持续不断地坍塌。她明白，时间不多了。

"这是一个事故。因为栏杆刚好腐朽，李颜刚好靠了上去，而你没有察觉，是不是？"周璐尔大声用平实的语气描述事情的经过。

"不是事故。都是我造成的……"章毅的声音几近消失。

"那可不可以和我说说看，你是怎么造成这一切的？"周璐尔说。

只有听到当事人的描述，才能明白他心结的来源，才能找到说服的切入口。如果当事人愿意讲述，就是成功的第一步了。

"因为我已经变成一个怪物了。"

"什么意思？"

"一个怪物，一个非人。"

当催眠解除之时，（主人格）章毅感到心中多了一些东西。他说不上来是什么，但它们井井有条，就像是知道眼前有许多任务要完成，准备集中精力一件件去做的充实感。只不过完成过程他不必亲自参加，他可以把工作分配给分人格们。他用分人格章毅去应对社交和所有需要面对大众讲话的工作，让分人格叶零去学习数据分析。那时候，他们招不到专门的数据分析师，章毅便让叶零去深入钻研了这个领域，没想到叶零的学习速度非常快，就像上了一辆疾驶的火车。而分人格周璐尔继承了咨询中心的工作，继续接触一线的患者和一线的研究资料。章毅作为主人格一直把控得很好，事情进展得如此顺利，甚至他根本没意识到，三个人格正一点点占用他的精力，一点点夺取他的控制权。

章毅第一次察觉到异常，是一次和李颜一起吃午饭，激烈地讨论是否采用具备人形的人工智能。那会儿他们已经在筹备将章毅的多重人格分别转移到人工智能上去了。

"绝对不能采用仿真人。"李颜赞钉截铁地说，"如果一个人工智能既拥有人格，又具有人的形态，它是否应该像人一样被对待呢？"

"那使用非人形的人工智能也是自欺欺人吧。这个问题应该是：这些分离出来的人格，是否拥有人权？"

李颜对这个问题的尖锐吃了一惊，问他现在是谁？

章毅稍微晃了晃神，说："是我啊，章毅，我还是主人格。"

"你什么时候开始有这种想法的？你是不是被周璐尔影响了？"李颜问他。

"什么被影响？我刚刚有的这种想法。"

警惕的怀疑爬上李颜的眉头，"你知道周璐尔一直在给我写邮件，反对我们的项目，认为我们所做的事都是反人类的吗？"

"怎么会？你确定是周璐尔写的，是不是她和写信人同名？我不记得周璐尔干过这事。"

作为主人格的章毅，本该知道每个人格的经历，知道每个人格在各自的时间里都做了什么。如果他不知道，那就表示，他失落了时间并且自己毫无察觉。

"就是周璐尔。"李颜很肯定地说，"那是一个传统和念旧的人格。也许你的潜意识在排挤她、弱化她，所以导致了失落时间。"

"传统和念旧吗？"章毅无法估量自己心中有多少念旧的成分。一般而言，每个人都有传统念旧的一部分，一个古老安静的小角落，只是程度不一罢了。自从有了多个人格，他的主观感受是任务导向的。他明确地知道各个人格的功能和任务，但内心并没有真正觉得他们是一个人。这就是他和真正的多重人格患者不同的地方。但真正的多重人格患者，几乎不可能像他这样完全控制住各个人格。也许正是把各个人格功能化的心态，才使他能够稳定地控制。但如果真如李颜所说，他失落了时间，那说明他的策略正在失效，而各个分人格的个人化特征在越来越凸显。

与此同时，他发现李颜在与他相处时变得阴晴不定。震惊、不耐烦甚至是怀疑，这些不属于她的表情，竟频繁出现了。然后有一天，李颜突然发布了解散团队的消息。

章毅立刻去找她询问缘由，但没听到任何合理的解释。他只记得李颜的神情变化很大，整个人非常混乱，一会儿懊丧地坐在椅子里，一会儿大怒大叫。最后，他听见她叫他滚。

"混乱的不是李颜，而是你。"周璐尔分析道，"那时你已经陷入人格混乱了，我们几个没规律地反复出现，对话都是断层的、不连贯的，你却没有察觉。李颜因为你的混乱而愤怒、而沮丧，你却只看到她的混乱。"

"原来是这样啊……"章毅有气无力地说，"难怪她那么痛苦。我那时候就已经像个怪物了吧。"

在李颜说出了"滚"后，章毅回去了。他想等李颜平复一下心情再和她谈，晚上却等来李颜要求删除数据的邮件。眼看她要做出覆水难收的决定了，他急切地给她打了好几个电话。她接电话时的声音沉重悲哀，像是要做出什么决绝的决定了。

"明天来实验室吧，图书馆这边的。你自己看看吧。"李颜说。

"明天就是她坠楼的那天？"周璐尔问。

"嗯。"

那天章毅赶到实验室时已是中午，他们一块儿去吃了午饭。但不知为何，李颜一直闷闷不乐，只要一抬头，她与他对视的目光里就只有失望。

"周璐尔呢？让她出来。"李颜说道。

"为什么要叫她？有什么话不能跟我说吗？"章毅困惑不已。

"我要跟她说。让她出来。"

见李颜这么坚持，章毅答应了。他闭上眼睛调动意识空间，但没能成功。他再睁眼时，李颜正气鼓鼓地盯着他。她扔下吃了一半的饭，愤然离开了。

"我当时以为，她生气是因为以为我故意不调出周璐尔。原来还是我人格混乱的缘故。"棺材里的章毅说道，"谢谢你，周璐尔。现在我终于明白了。"

"然后你们就去了图书馆？"周璐尔继续问道。

"嗯。图书馆阁楼的实验室。"

"她给你看的，就是后来消失的数据资料吧？"

"嗯。"

"到底是什么？"

"是我最近一次的大脑核磁共振成像。"

"你的成像怎么了？"周璐尔向躺在棺材里的主人格问道，"我不相信你会变成非人的怪物。说一说吧，我们是一体的，或许我们能找到弥补的办法。"

棺材那边仍然静悄悄的。四瓣房间之间的裂口逐渐变得整齐平滑，像四块处于同一水平面的平台。每一块却更加空阔狭长，仿佛都能向各自的方向延伸出去无限大。分人格章毅所站的部分靠着墙出现了三个半仿真机器人，那是他们的原型机，但比他们更高大，甚至说得上伟岸。这是主人格意识中的印象，章毅反应过来。三个仿真机器人仿佛流水线上加工到一半的产品，只有脸和手臂达到了真正仿真的程度，裸露的金属肢体和零件却透出一股冰冷的力量感。这是设计的力量，是人类优美理性的产物。这是李颜的主意。选用半仿真机器人，用调整感官信息的方式增强自体现实感，既能节约成本，又能进行下一步的探索和实验。

"一个具备人格的机器人，到底能在多大程度上融入人类生活呢？"主人格章毅记得李颜说这话时，仰头看着这三个机器人，眼中流露出呆呆傻傻的孩子气的好奇。她是个好奇心旺盛、强烈又激进的人。

可是就在这同一间房间，她突然持相反的观点，坚持要解散项目组，极不耐烦地朝自己吼："我真的不想再一遍遍和你们争论了！"

她将最新导出的功能性核磁共振成像摔在他面前。章毅展开来，这确实是一副特殊的脑成像。扫描出的人类大脑截面中，用橙红色到白色之间的渐变色表示大脑不同部位的神经元活化情况，颜色越深的部位，神经元越活跃。普通人的脑成像中颜色从深到浅总有个平滑的过渡，章毅的这份脑成像却没有。他的前额叶区域有一小块橙红色，边缘曲线利落，和白色的部分泾渭分明，十分不自然。

"真是漂亮的分割……"章毅第一次见到这样的脑成像，竟第一时间忍不住赞叹起来。

"你知道这说明了什么吗？"李颜怒气冲冲地打断了他。

"说明我们得到了前所未有的实验结果，三篇 SIC 论文[①]？"李颜失望极了，"说明你的大功能脑功能正在被分人格取代，而你根本没有

———————————

① 指被科学引文索引所收录的期刊上刊登的论文。

察觉！"

章毅仍露出不可思议的表情，并没有意识到问题的严重性。李颜焦躁地在屋里来回走动，"你现在就是一台只占据了前额叶皮层的决策机器！"

章毅终于正色道："李颜，作为一个研究人员，你应该更理性地看待这个实验结果。功能分区的清晰难道不是我们一开始就追求的吗？我们做多重人格实验的初衷，不就是为了让分人格分担功能从而达到1+1>2的工作效率吗？"

李颜死盯着章毅，仿佛在看一个不认识的人。"叫周璐尔出来。"她冷淡地说，仿佛在做最后的尝试。

"为什么要叫她？"章毅不解地说，"她只是一个多愁善感、敏感多疑的女人，我才是主人格，我才是你明智的合作伙伴啊。"

李颜盯视了一会儿眼前这个陌生人，疯了似的撕碎那份脑成像图，然后走到计算机前操作起来。她打开了项目组的共享数据库。

"她在删项目数据？就是李颜删的，是不是？是不是？"分人格章毅一如既往地抓住了他关注的重点，被周璐尔白了一眼。

棺材里微弱的声音说，"不，她没有删数据，因为她舍不得删除任何实验数据。她只是把共享库里的实验数据导入了自己的加密云端数据库，然后把共享库里的删掉了。她的所有过往实验数据都放在那里，每年为了维持云端容量花掉上万元。"主人格章毅一边回忆一边苦笑，"她是一个有收藏癖的人呢，只不过收藏的不是实物。"

"然后呢，你们是怎么到天台去的？"周璐尔把话题转移回来。

"我劝说她不要这么冲动，我说事情没有那么糟，可以说我们的项目正在开拓一个新局面。"

"对一个陷入愤怒的人讲道理，只会让那个人更愤怒。"周璐尔说。

"是这样吧。但我当时一点儿都没意识到。她跑了出去，上了天台。我追了出去。"

章毅追上来时，李颜正站在天台的边缘，一动不动地望着隐没在云后的太阳。她没披外套，风把她的长裙吹得鼓起来，显得身材越发瘦小了。

"李颜，我们需要好好谈谈。"他走上前去，"我真的不认为我们到了要解散项目组的地步。反人类，违反伦理，这些外界的质疑，我们不都一起扛过来了吗？"

李颜回过头，乌亮的眼眸温润如玉，"这些都是你扛下来的。违规实验也好，高风险手术也好，都因为你的冒险和承担，我们才走到了现在。但是，再继续下去我也不知道会发生什么，我们真的还要继续吗？"

"你可是李颜啊，我相信你。"章毅微笑着说，"你怎么会不知道发生了什么呢，调动你的聪明才智啊，李教授。"

"按照魔鬼喧嚣理论，决策者就相当于主人格，分人格就相当于魔鬼。现在的情况是，一个个魔鬼越来越人格化，越来越像一个小人，甚至出现了自己的意志。暂且不论那是不是真正的自由意志，至少看起来各行其是，拥有相互独立和矛盾的见解。可你作为主人格，竟然毫无察觉。我不知道这一切是怎么发生的，也许是你使用分人格过多，你的行为和想法都沉淀在了分人格里，主人格却渐渐变成简单的最终决策者，只拥有一小块前额叶脑区。再这样下去，你会变成一个非人啊。"

李颜忍不住在尾音上带出了哭腔，像哀鸣的小鸟。可章毅却自顾自地说，"这难道不是整体效率提高的表现吗？做一个理性决策者不好吗？"

李颜对他彻底绝望了，"我算是明白了，这就是你希望的对吗？做一个十足理性的人！你一直都崇尚理性，试图用理性管理自己的全部情绪和行为，好像理性就是万能的神一样。"

"这有什么不对吗？"章毅不温不火地说，"李颜，你也许不知道你有多聪明，你也不知道你有多幸运。你不理解，一个普通人在面临困境时的困惑，和痛苦地想要逃避的情形。帮助普通人成为一个高效理性的人不好吗，这难道不正是心理学的作用吗？"

"呵，你根本就不懂什么是真正的心理学，也不爱心理学！"李颜几乎歇斯底里，"你只是把心理学当成工具，而你从头到尾就是一个怪物，一个一心想成为怪物的怪物！"

章毅依然保持着沉稳的口吻，"很有趣，我们第一次谈到对心理学这门学科的理解的分歧。但我不认为这是我们之间的障碍，我们的合作项目应该……"

"你就不明白吗？"李颜怒吼道，"我不想失去你啊……"就在此时，李颜紧咬嘴唇，面露痛苦地弯下腰去。悲剧就这样发生了。

"我明明知道她有胃痉挛的毛病……我还那样气她……"棺材里的章毅流露出哭腔，"我真蠢……"听到这里，分人格章毅一声不吭，喉头有点哽咽。叶零泪流满面，"她说她不想失去你，她不想失去你……"

"是啊。你蠢极了。"周璐尔说，"刚刚得到她一点点的感情回应，就在下一秒失去了她。这才是你想自杀的真正原因吧。"

白色的房间变成了烟灰色，仿佛一个阴雨天。在泥沙俱下的声音中，房间慢慢地弥合，恢复到阴暗单调。那口棺材被覆盖上了黄色的沙尘，好像一半已经入土。三个人格终于跨过裂缝，聚拢在棺材旁边，仿佛在阴雨天参加一场迟到的葬礼。

"你不是怪物。或者说，你还远远没有变成真正的怪物。"周璐尔说，"怪物是不会因懊悔想自杀的。对李颜的感情使你懊悔、使你绝望，但将你从非人的境地拉了回来。李颜说了，她不想失去你啊。她希望你作为一个人活着，而不是死去啊。"

"就算我不死去，也终有一天会忘了她吧。现在的我，已经支离破碎了……"周璐尔露出一个痛苦的笑容，"这点你错了。你休眠后，我们三个都从各种途径重新认识了她，又重新爱上了她。你说这是为什么呢？我刚才才明白，这是因为你从一开始就爱上她了。我们三个，明明具有了独立的身体，看起来像是不同的人，却无一例外地爱上了李颜，如果这不是命运，就是因为你作为主人格的底层设定。"

"说到独立身体，"分人格章毅不屑地说，"我可不想死在这里。用机器人身体也比共享同一副身体好。"

"我也不想待在这里……"叶零轻声说。

"你看大家都想出去。我们先一块儿出去，然后再一起想办法，好吗？萱也会帮我们的。"周璐尔用十足的温柔说道，像哄一个哭闹的小孩。

终于，房间中央再次垂下一束光。暂时安全了，他们长舒了一口气。

沉入人间

分人格章毅首先站到了光束下，他看到医院单调的白墙和萱冰冷的面孔，周身的僵硬感和细微的疼痛感格外真实地回到了他身上。他大口呼吸着空气，仿佛劫后重生。

"怎么间隔这么久？都过去 9 个小时了。"萱问。"可不是，差点儿就回不来了。"分人格章毅三言两句汇报了意识空间里发生的事。

"很好。"萱难得露出一丝微笑，"你想要的数据在哪儿，问出来了吗？""问出来了，根本没删，在李颜的私人云端呢。"

"太好了。"萱的微笑变大，变大的微笑在她几乎不笑的脸上显得有些突兀和不自然。"接下来，劝说主人格从棺材里出来吧。我也有些话想问问他，好给我的工作收尾。"

分人格章毅离开光束，回到房间。主人格章毅竟然已经从棺材里坐了起来，周璐尔和叶零正在帮他搬开棺材盖子。

主人格章毅从棺材里迈出脚步，像一个飘荡了一个世纪之久的游魂，缓缓走向光束，走向人间。在经历漫长的黑暗与沉寂后，白色的日光令他眩晕，周身的疼痛带给他久违的真实。眼前出现了一张女人的脸，单薄、冰凉，细长的脖颈下穿着黑色连衣裙，让他觉得熟悉。

"你是？审讯的时候见过？"在李颜死亡的当晚，章毅作为与李颜相关的人员接受过公安局的问话。但那时候他满脑子都是李颜从天台边缘翻落的恐怖画面，已经言语不清了。这个女人不是警局的人，却坐在警察一旁，安安静静，用逼人的目光审视着自己。

"还记得我，不错嘛。"萱说，"可喜可贺，你终于恢复了。"她一边说，一边撤掉分离机。"我就开门见山吧。现在，需要你帮我一个忙，把李颜存的全部实验数据取出来。"

章毅突然变脸了，变得凶狠而警觉，"什么心理咨询师，我早就觉得你图谋不轨了，果然你的目标就是实验数据！"

萱意识到人格改变了，现在和她说话的是分人格章毅。"谈不上不轨吧，不过是想帮你们完成你们未完成的工作。"

"什么工作？"

"当然是，帮助人类完成从单人格形态到多人格形态的进化。"

"这个项目的本质是反人性的，李颜不希望这个项目继续下去的。"这句话的音调压低了些，说话的是周璐尔。

"开玩笑，我这么可能把辛苦得到的成果交给别人！"此时音调陡然提高，分人格章毅又出现了。

"你们要明白，被组织选中，是你们的荣耀。"萱不骄不躁地说，"就算没有你们的数据，世界也会朝组织选择的方向发展。这是你们为人类进化做出贡献的机会。"

"狗屁机会！"分人格章毅刚吼完，叶零就禁不住露出一个嘴唇颤抖的哭脸。

"如果你们不愿意配合，也行。一个月后等你们身体养好了，你们将以非法行医的罪名被起诉，失去所有公司产权，然后因为患人格障碍被关押进精神病院。在那里，你们四个将永远共享同一副身体，作为组织的合法研究样本度过后半生。"

章毅快速转动着眼珠，表情一会儿愤怒一会儿躲闪，一会儿又黯然神伤，像坏掉的电视不停地切换着频道。看不到脸的医生将分离机的导线拢到一起，收拾好搁置在一旁的墙角。"组织挑选的进化方向是绝对正确的，世界已经在悄然改变，你们要学会接受这一点。"

章毅跌坐在焦黑的地板上。天花板上垂下的光束忽明忽暗，发出"吱吱"的声响，好像一座线路接触不良的老房子。周璐尔、分人格章毅、叶零三人背靠背站在光束下，用肩头和胳膊肘相互推挤，争取让更多的光打在自己身上。萱说他们将永远共享同一副身体，这个前景着实令他们恐慌。他们焦躁地推搡着，害怕失去光打在皮肤上的疼痛感。在他们进入章毅的意识空间前，都抱着不用多久就会出去的想法。可现在，他们眼睁睁看着医生撤掉了分离机。

"你们非要进来，中计了吧！"分人格章毅气急败坏。

"也不知道是谁，一股脑就把这里发生的事全告诉了那个女人！"周璐尔反过来责备章毅。

"从一开始，她想要的就是数据！"章毅反击，指责她看不清人的动机。

"好笑，分离机不就在外面吗？她拿走研究不就完了！为什么要囚禁我们？"

"光有分离机是没用的……"叶零小声地说，"关键是原型机使用的与人脑神经网络相适应的模型。那个模型我们推演了半年多，也只能适用于单个被试……"

章毅粗暴地打断了叶零的话，"你看吧，你连这都不知道，一个个的就会拖后腿！"

"你们安静一下。"主人格章毅不轻不重地说了一句。主人格的控制力立刻使房间安静了下来，但过于安静，以至于能听到章毅吼声的回音。好不容易决定活下去了，面临的却是这样的处境，这个世界真的值得坚持吗？

章毅苦笑了一下，说，"我刚醒。给我点时间可以吗？我需要更多外界信息来做判断。"

三人一言不发，自觉离开光束，站在了黑暗的一侧。章毅重新站在光束下。他看到穿着白大褂的医生、护士们来来去去，搬走原型机，将病房清理干净。可是过于干净，以至于像一间单调的牢房。一盘快餐放在病床上的小桌板上，章毅瞄了一眼，那是一盘土豆牛腩，正散发着热乎乎的香气。他尝试着伸出手，但长时间的卧床使他肌肉无力，甚至无法凭自己的力量坐起身来。他手背上插着针，床头的架子上挂了好几个输液瓶，这两周他都是在靠营养液续命。医生和护士很快走光了，只剩下萱翘着脚坐在床边。

"饿了吧？"萱说话了，"知道你没力气，我可以代劳喂你。"

"不敢劳烦，怕是条件太高我支付不起。"章毅的喉咙干涩、生疼，勉强能清晰吐字。"你就不好奇吗？不好奇这个世界发生了什么？"萱说。"我现在只能躺着，你说什么就是什么呗。"

"这么不信任我啊。"萱笑笑，打开墙壁上的网络电视，不紧不慢地调出一个视频。"还记得你们最早发现一个多重人格患者脑中左侧角回的凸起吗？这种情况，我们在更多人的大脑扫描中看到了。"视频的左上角显示了一个新闻频道，正在播放一场学术发布会。科学界很少有如此盛大的发布会，全场座无虚席。硕大的屏幕上简单呈现了这项研究的内容，是一张人类大脑横截面示意图，中间标出高光的，就是左侧角回的那一小点凸起。宽大的讲台中间坐着一名年迈的生物学家，他正在讲述最新的实验发现，述说这个发现与多重人格病患之间的关联。章毅注意到他发布的实验除了样本量更大，内容与他们之前因伦理问题被拒的论文完全一致。"这是剽窃！"他忍不住发脾气。

"不要生气。我们也不是故意要剽窃你们的成果，谁让你们通不过正规学术期刊审核的。"萱说，"但我们可以。我们找了生物进化领域最著名的学者来背书。克服伦理问题是需要在公众语境一步一步铺垫的。如果像你们先前那样着急，当然会被骂。你接着看。"

屏幕内容变了，出现了一行耸人听闻的大字："这是人类大脑进一步进化的证据"。那位年迈的生物学家称这是人类进化的趋势，虽然它的功能尚未完全明确，但一定会在未来给人类发展带来巨大的益处。

"不对。"章毅说，"这只是在多重人格患者脑中发现的一种特殊病变，并不具有普遍性。"

"不用担心。组织会研发一种药物来促成这种变化。比你们做脑部手术的风险低多了。""药物？谁会特地吃这种让自己大脑发生病变的药？"

"途径有很多种，换种说法就行了。不是病变，是进化。当发生进化的人数越来越多时，我们再激发他们产生多重人格，这种异变的功能就会明朗起来，人类进化的方向也会明晰起来。那就是——多人格态人类。当人格数量多到一定程度时，再将它们导入人工智能中，然后由一个人类控制多个机器，社会运作速率将会大大提高。"

"不行，这事不能做。"章毅激动起来，"我们已经试过了，人工诱导多重人格者会丧失掉原本的人性，变成决策工具！"

"你们都被周璐尔的想法同化了吗？"萱微笑着说，"有什么关系呢？你做人做得还不够吗？蚂蚁为什么能像拥有共同意志似的协同工作到死？人类为什么贪生怕死，渴望多子多孙？无非是写进基因里的指令。人本来就不是自由的，而是听命于更高的指令。成为决策之脑，确实不像人，但也可能是神啊。为什么要抗拒它呢？""想当神的是你们吧！"

"不。组织的目的不是成为神，而是为人类选择最好的进化方向，帮人类抵达最好的未来。"

"组织究竟是什么机构？"

"自然选择说你一定知道吧？"

"知道。跟这有什么关系？"

"物种在演变过程中经常会出现不同程度的变异，更适应环境的变异会被留下，繁衍后代，不适应环境的变异会自行消失。人类也是如此。但人类文明发展至今，自然环境对人的影响已经微乎其微，可以说，人类的进化已经停滞了。人类是进化至完美的物种吗？当然不是。我们的社会还有那么多问题，人的身体还有那么多缺陷。一个物种一旦停止进化，将无法抵御下一次无法预估的自然灾害，或者被人类社会内部的诟病所反噬。人类是需要持续进化的。组织正在做的事，就是甄选出有价值的变异，并推动这种变异的常态化，从而达到持续进化的目的。你们公司虽然是个商业公司，却碰对了路。组织一直在密切关注你们。本来一切顺利，直到李颜意外死去。但是现在，组织决定全面接管你们的项目，尽最大的力量推进它，你可以放心了。"

"放心？进化的方向是上千万年的自然变化所决定的，你们真的认为你们人为干预的进化就是最正确的方向？"章毅说，"你们现在停止还来得及。"

可是萱对他的嘲讽并不在意。"你过虑了。一切都很顺利，改变已经开始了。组织开发的促成脑部变异的药物，已经从各个渠道分发下去了。不需要手术，这种变异就会自然而然地发生。人们嘴上说着伦理道德，实际上内心都渴望有另一个人来替代自己，好让自己轻松，让自己有地方可逃避。一旦一波人尝到甜头，其他人不会甘于落后的，只会争着抢着要。还记得你的脑成像发生变化时，你有多坚定地要继续推进下去吗？那种感觉很不赖吧？头脑清醒、明确，没有额外的干扰，没有忧虑，时刻都知道什么才是最明智的选择。人难道不配过这样的生活吗？"

"难道你也……""没错，这药研发成功的第一时间我就试吃了。现在接管你们这桩工作的，就是其中一个我。不过我的控制力很强，不会像你一样出现人格混乱的情况。"

"怪不得你从头到尾都是一样的表情，没有一丝触动，也没有一丝共情。"章毅冷笑道。"你会这么说我不怪你，因为你仍然无法全面控制住你的分人格。我猜，现在你意识空间里的三个人格正闹得不可开交。"

的确，分人格章毅害怕再也得不到独立躯体，已经打算投降了。"我觉得她说的都是真的。如果整个世界会变成这样，我们还坚持什么？"

"这种自作聪明的行为早晚会被自然力反噬的！"周璐尔坚持不能放任这种干预自然进化的行为。

叶零只是面对墙呆立着，似乎不想参与任何争执，也没有任何想法，他依然想念李颜，试图在脑海中复原她的脸。

"这药确实管用，你可以试试。它能帮你摆脱所有犹豫，保持对分人格的控制力。我有权限，可以免费送给你一盒。"萱说。

"呵，算了吧，我不需要。我不想变得跟你一样冷漠。"章毅说。

"抱歉，我觉得你非常需要这种药。你现在，过于感性，有点难以沟通呀。""我不会吃的。"

"你不需要吃，我叫护士把药打进你的营养液里。相信等你的人格状态更稳定一些，你就会明白我说的话是有道理的。而配合我们，融入这个新世界，是你唯一正确的选择。"

一名护士走进来，手里拿着一小瓶没有标签的透明液体。章毅转动着眼珠，紧紧盯视着她。"我说了，我不需要！"护士娴熟地打开营养液的瓶子，将那瓶液体注入其中。章毅怒睁的眼睛慢慢合上，仿佛沉入了海底。

傍晚的人群中一只动情的猫

章毅醒来的时候，正是早上。他听到一阵清脆的鸟鸣声。睁开眼，他看到窗外枝叶繁茂的枝桠自在舒展着，鸟鸣声正是从那里传来的。一切都是清新明朗的。心中的纷杂消失了，持续许久的三个人格的争吵声也消失了。一时间，他感到神清气爽，仿佛回到了没有忧愁的孩童时代。

他颤颤巍巍地坐起来，艰难地抬起手，将一口土豆炖牛腩送入嘴中。牛腩已经凉了，但松软好闻的肉香充斥着他的口腔。这熟悉又真实的日常，几乎使他感动得落泪。

走廊传来一串尖锐的高跟鞋的走路声，萱走了进来。

"回来的感觉不错吧？"她说。

章毅没有回答，一口一口吃着冷掉的土豆牛腩。

"想清楚了吗？"萱问。

章毅机械地点了点头。在他做出决定的同时，他的心沉沉地下坠，堕入沼泽深处。

"我得去图书馆阁楼上的实验室。那台机子上留有李颜登陆私密云端的痕迹，操作起来会容易一些。"他提出了最后一个要求。

"区别大吗？你该不会想去那里怀旧一下吧？不过，既也无妨。"萱答应了。

等到章毅的身体可以坐轮椅时，萱将他扶上轮椅，推着他去了图书馆。

这里的一切都和原来一样，年轻的学生们捧着书，走来走去。他们年轻的脸上透出富有的青春，和青春所特有的奢侈的快乐。他无法想象，几年后他们将会因为生活的重压不得不生出好几副面孔，并且借助药物的帮助，让自己越来越远离自己。但萱再次不容置疑地表示，他们只会乐于这么做，甚至还会争先恐后。

他的思绪还没收回，电梯就到了顶楼。顶楼依然没什么人来，地上和扶手上的灰尘积得更厚了，像尘封的回忆。他推门而入，腐败的旧书味道仍憋在屋里没有散去，地上仍散落着很多碎纸，仿佛他和李颜的那一场争吵就发生在昨天。

他走向那台计算机，开机，输入云端的地址。李颜使用过的用户名就留在登录框里，他将鼠标光标放在输入框上，便停住了动作，仿佛水墨画里一个漫长的留白。

此时萱正站在旁边，双臂环抱在胸前等待着，一副并不着急的模样，像在等一个注定落网的猎物。

"需要我来吗？"一束光的房间里，叶零问了一句，他的意思是需不需要他黑入账户。

"不用。我就过来看看。"章毅回应道，并没有说出声。在萱看来，他只是呆呆地盯着屏幕。

"你真的就过来怀旧一下？什么都不打算做吗？"分人格章毅无奈地叹气，尽管他还是渴求一副完整的身体，却已经无法强行占据光束了。他必须被主人格的控制。

"其实我知道密码。"周璐尔的这句话，使其他三人立刻惊讶地转向她。

"你为什么知道？"章毅问。

"是与李颜吃最后一顿午饭时，她告诉我的。"

章毅的头脑一时混乱起来，当那四个人格频繁切换出现的时候，他只记得李颜生气的脸。

"我也不明白她为什么会在那天特地告诉我密码。她说她相信我，说如果她出现了什么不测，就由我来保管和处置她的数字遗产。"

"她好像预感会发生什么似的。"章毅苦笑了一下，再次为那天的事以两人的争执匆匆结束而懊悔，那是永远的结束。

"李颜选择托付给你，是相信你会做出最正确、最人道的选择吧。那我也应该信任你，就像信任自己。"章毅说，"你觉得，我们应该怎么处置她留下的资料呢？"

"删掉与多重人格研究有关的一切数据。"周璐尔毫不犹豫地说。

"好。"章毅答应了。

停顿片刻后，章毅按照周璐尔说的密码打开了云端。里面的文件夹按时间和内容分类清晰地排列着，密密麻麻。他很容易就在距离日期最近的上层看到了"多重人格"的文件夹，轻轻把它删除了。

"一切都结束了。"意识房间里的四个人格同时说道。

"还没找到吗？"一旁的萱问道。

章毅懒得解释，仍端坐着，凝视着这些排布齐整的文件，想象着李颜整理它们时的心情。他仿佛在等待终归到来的末日，不急不缓。他瞥到一个最近更新过的文件，叫作"抽屉"。

"抽屉。"他想起童年他住得最久的那间房间里的深褐色大书桌，书桌上有三个抽屉，其中一个带锁。他便将所有一个十岁孩童认为珍贵的东西放进去锁起来，卡牌、弹珠，在工地上捡的石块，包括一本字迹歪斜，没写几页的日记本。

"等等，你刚做了什么？"萱才反应过来发生了什么，顿时气急败坏。

章毅不理她，任由自己的好奇心拉开了"抽屉"。

"易，今天你又在我面前消失了。"

第一句话如是说道，是饱含浓郁的私人感的文字。

章毅贪婪地阅读着，努力把这些文字全都刻入脑子，直到有人反扭他的胳膊，将他的头按在桌面上。他感到后脑勺遭到一记重击，昏迷了过去。

"易，今天你又在我面前消失了。你的一句话到了嘴边，就突然飞了，眼神也跟着消失了，变成了一个陌生人。

你总说，我不理解你，不能明白你这样的普通人的焦虑与无奈。可你也并不理解我，不理解我目睹你消失的过程是多么绝望和孤独。

人是复杂的，作为一个研究心理学的人，我在进入这门学科时就知这一点。可是在这么多年的实验研究中，在努力将清人的心理与意识的努力中，我好像早就潜移默化地认为，人心是可以被剖析、被梳理、被控制的。可是当你在我眼前消失时，我发现我失去了控制，不管是对于你的人格变化——我的实验结果，还是对我自己的内心。我试图去理解你的变化，一遍遍回想你往日的一举一动，想要在心中还原你本来的模样。"

再次醒来时，章毅发现自己睡在一张窄小，凹陷的床上。这张床仅能容下一个人，四十厘米高，像极了一口棺材。他向四周张望，天花板平整洁净，除了白，什么也没有。他一时恍惚，以为自己又睡进了意识房间的棺材里。但是其他三个人格并没有出现。

随着一丝轻微的声响，其中一面白墙上突然开启了一扇门，像一个突然出现的洞。一位浑身穿着白色衣服、像研究人员的女人走近了他。

"你醒了。就由我来简短地向你说明情况吧。现在是 2035 年，你已经睡了 15 年。这 15 年里发生了很多事。多亏了组织的选择，这 15 年科技突飞猛进，所以我们才会在今天把你叫醒。"

这个女人面带和蔼的微笑，但那个微笑没有内容，因为那只是精细雕刻出来的面具。

"你是多人格态的人？"章毅问。

"没错。就和你一样。"她微笑着说，"总之，欢迎你来到多人格时代。"

人类社会还是走到了这一步吗？章毅心中寂寂的，感觉不到一丝迈入新世界的喜悦。他对这个时代没有任何归属感。

"我记得认识你的第一天，你在我的学术研讨会上发言，态度激昂，具有很强的向外攻击性。那时候，我以为你是个刀尖般的人，只顾前进和劈杀。但发布会结束后，你私下找我聊天，寻求合作时，却是温文尔雅的，虽然笃定的语气后面还带着点儿自负。在开始和你合作的很长一段时间里，我的确很难理解你，很难看透你的本真面貌。你有时候温柔细腻，有时候又冷酷无情，像个天生没有共情能力的人。当我以为你很特别时，你却对自己的各方面情感与想法做出了极其平庸的评价。'人嘛，不都这样。'你总是把这句话挂在嘴边，将自身所有激烈的、特别的情感平庸化，然后积极地去做些追名逐利的事。这些话怎么也不像是自谦，而你的追名逐利更像是一种自我强迫。尽管你聪明、自负，有野心，可是我觉得你好像并不爱自己。

　　而我真正开始理解你，是在你分裂出三个人格之后。"

他环顾四周，"这里是病房？"

"不。是监狱。15年前，您犯了故意破坏人类科技成果的反人类罪。"

章毅无声地冷笑。当初他为了避免反人类技术的诞生，才选择了删除资料。现在却因为这个动作被判了反人类罪。

"既然如此，何必唤醒我呢？是为了让我醒来接受惩罚吗？"

"是这样的，现在你有一个将功补过的机会。因为你的四个人格曾经以你的大脑神经分布网络为基础，合力制作出了可以承担分离人格的人工智能，我们希望你们再合力研发一次。"

"有趣。不是说科技已经大大进步了吗？怎么连这也没研发出来？"

"是这样的。在你昏睡后，人类多人格态的演化速度非常快。高效率的生活方式使越来越多的人选择成为多人格态人。但是这个速度过快，当所有人都成为多人格态人后，人们才想起着手研发承担人格功能的人工智能。但是，所有人类的脑功能都已经异化，功能分区十分明显，所以失去了完整的大脑神经分布网络。按照这样的功能分区制造出的人工智能并不能拥有和人一样的行动力。这就是唤醒你的原因了。"

"那我如果不想配合呢？"章毅寡淡地问了一句。"那你将接受刑罚。"

"四个你，每一个你都有相同之处，又如此不同。从他们身上，我才看出你向我隐藏的部分。你隐藏得可真深呀，不知道是不是因为这样，才能成功从你意识中诱发三个截然不同的人格。叶零看起来胆小慎微，但我发现他其实是个坚强、笃定的孩子，我猜那是小时候的你。孤独、倔强、笨拙，只会用自己的方法与世界相处。周璐尔大概更像青年时期的你，敏感脆弱，还很念旧，充满乌托邦般的社会理想，强迫症般想要照拂到每一个人的情绪。章毅，对应成年后的你。经历社会磨砺的你，带上了一层厚厚的盔甲，独自在这座怪兽一样的城市里披荆斩棘，努力让自己成为一个懂得趋利避害的人。可是你的整体表现还是如此割裂。你抗拒坦诚，对理性极端推崇，我想，或许你是为了保护心中的另三个人格吧，为了避免他们毁灭，为了在内心深处保留一丝柔软。每次我们走在街上看到流浪猫狗时，你总是会用目光追随它们一段时间，却什么也不说，径自走过去。叶零却会停下来，在路边的便利店买食物喂给他们。也许你小时候常常这么做吧，现在却不愿意在人前表露对它们的怜爱。周璐尔过于在意别人的感受，章毅却像是个冷漠得反社会的人。是你关掉了共情的开关，'咯哒'一声，迫使自己主动忽视不必要的情绪。你太想摒弃情绪的脆弱，太想做一个坚定不移的人了。何时，四个你才能统一起来，坦然地与自己相处呢？"

"什么惩罚，死刑吗？"章毅并不惧怕死，甚至有点儿渴望。

"不至于，现在已经没有死刑了。但会革除你们所有的上层意识。在你做决定前，最好先问一问你的其他人格。现在分人格也拥有独立人权了。"

一束灯光投在黑暗的房间里。四个人格围坐在光束下，仿佛山洞中围坐在篝火旁烤火的原始人。火光温暖，但他们谁也不想触碰火。他们蜷缩着，像冬眠时蛰伏的动物，不愿意去接触洞外的世界，也不愿意去接触这个新的时代。没有人想为研发帮忙的。他们心中唯一挂念的，是一份遥远的，已经失去的，却将永恒存在的感情。

"决定好了。"章毅说，"我们接受惩罚。"

"那可要想好了，被革除上层意识后，你们将再也感受不到独立的自我，也没有生而为人的思考能力。你们只能完成最本能、最简单的动作，遵循动物本能般的生活。""现在四个人格分裂的状态，也很难说是真正的自我吧。"章毅说，"说不定，放弃上层意识也不错。"

"人活在世上，真的很难。又想坦诚地做自己，又不想被别人伤害。层层叠叠的人格面具成为每个人的常态。可是摘除这些面具后，你又是谁呢？是周璐尔、是叶零，还是章毅呢，还是一个理性的决策工具？""一直想要告诉你，理智没有你想的那么重要，它只是工具，是情感的辅助。当我积极地投入一段理性的实验分析时，仍然感受到了自己的情绪。我一边演算，一边体会着强烈的愉悦感。愉悦感激励了我，使我更加努力地投入演算分析。当然常年的理性教育，也带来了别的愉悦感，比如社会所引导的成功价值感，比如昂贵的商标带来的虚妄的快乐。如何才能选出属于你自己的真实感受呢？如果剥除理性，祛除上层意识，剩下的是什么呢？是最本源的感官和情感吗？这种最本源、最基础的感觉，足够塑造牢固的内心世界吗？"

章毅走出行刑室时，一切色彩、声音和气味都向他奔涌而来。路人行色匆匆，在他眼中像一瓶瓶闲置已久的蒸发掉气味的酒精。白得耀眼的光和蓝得通透的天空一齐扑向他，令他觉得舒心。"我是谁，什么是自我？这些问题都已经无所谓了吧。"

夕阳西下，他在街道上溜达着，快活得像一条无所事事的狗。一股暖流包围着他、追随着他，使他的内心平静踏实，即使在这车水马龙、人潮挤挤的街道也怡然自得，充满清澈的爱意。"那股暖流是什么呢？他想不清楚，只觉得那是一道温暖的目光。这是哪儿来的目光？是谁的目光呢？"他张望着。

在温柔的粉色霞光中，他看到，傍晚的人流中有一只动情的猫。